Tutto quello che mi passa per la testa

Racconti Poesie Pensieri
in ordine sparso

Kindle Direct Publishing©

https://kdp.amazon.com/it_IT

ISBN: [8633693232]
ISBN-13: [979-8633693232]
Autore Indipendente

Immagine di copertina: [Luigi Giublena]
https://www.instagram.com/spidphone

Prima edizione [Giugno 2020]
[Opera di narrazione e finzione]

Seconda edizione con creazioni grafiche dell'autore
[Marzo 2021]
[Opera di narrazione e finzione]

-Disclaimer-

INDICE DEI RACCONTI

[Non ho mai messo su carta i miei pensieri,
ma in realta scrivo da quando ho memoria]

Luigi Giublena

[*Dedicato con immenso Amore*
a mia moglie ***Veronica***]

BIOGRAFIA

L'autore possiede una curiosita sconfinata per tutte le forme d'arte e sfida sŭ stesso applicandosi strenuamente per riuscire a creare qualcosa di buono in tutto quello che fa. Utilizza la sua inclinazione artistica per tenere sempre in attivita il cervello.

Affronta questo percorso con serieta e dedizione e non si ferma fino al raggiungimento del suo limite.

Dopo disegno, fotoritocco digitale, computer grafica e video making, ora ha intrapreso la sua sfida piųgrande:

scrivere un libro.

Con la speranza che ti possa rilassare, divertire, commuovere e far riflettere ti auguro una buona lettura.

Veronica

PREMESSA

Perchй ho deciso di scrivere questo libro?
И una domanda che mi sono posto in corso d'opera. Non sono uno scrittore e non ho mai pensato che un giorno avrei riempito pagine e pagine con racconti di pura fantasia e con il fine ultimo di raccoglierle in un libro. Quello che ha fatto scattare la molla, e mi ha convinto a lavorare duramente per concepire questa mia opera, и stata la voglia di vedere il mio progetto prendere forma pian piano, impegnarmi per portarlo a termine e toccare con mano il mio lavoro finito. Ho quindi preso la decisione di realizzare questo proponimento quasi per gioco, per sfidarmi in un'impresa cosм lontana dalle mie capacita e per il piacere di dimostrare a me stesso che potevo farcela. Non ho mai messo su carta i miei pensieri, ma in realta scrivo da quando ho memoria. Gia da bambino inventavo storie con personaggi di fantasia, magari ispirati ad amici o persone che avevo incontrato o piщ semplicemente ai protagonisti dei film. Mi piaceva immaginare avventure e mi piace ancora; mi ritrovo spesso a soffermarmi a pensare come cambierebbe il corso di una vicenda se

alcune variabili ne modificassero la trama e di conseguenza il finale.
Scrivere racconti mi libera la mente e mi rilassa. Trovo sia un percorso terapeutico molto interessante e che faccia doppiamente bene alla mente che и occupata ad elaborare la trama e si libera al tempo stesso dai pensieri negativi.
So di non essere uno scrittore, so anche che ci sono migliaia di narratori piщ bravi e portati di me, ma in questo periodo storico nel quale la tecnologia, internet ed il self publishing permettono a chiunque di scrivere e pubblicare un libro, credo che perdere l'opportunita di poter realizzare il proprio sogno sia uno spreco. In passato era impossibile confezionare un libro e metterlo in vendita senza investire ingenti somme di denaro e sforzi notevoli che non erano alla portata di tutti. Fallire significava perdere il capitale impegnato e ritrovarsi la cantina invasa da scatoloni contenenti centinaia di libri stampati ed invenduti.

Oggi non и piщ cosм non so se sia una fortuna oppure no, ma la possibilita di realizzare un sogno come questo и sicuramente un vantaggio da non sottovalutare.
Sono realista e non cerco la gloria e la fama

soprattutto in questo ambito che non и propriamente il mio.
Ho convogliato tanta energia, speso moltissimo tempo e lavorato con grande passione per realizzare questo libro e la soddisfazione di vederlo terminato и gia un risultato enorme per me.
Quindi mi auguro di cuore che tu, lettore, che hai dato fiducia al mio libro, riuscirai ad apprezzare tutti gli sforzi che ho messo in gioco per realizzarlo.

Grazie

Luigi Giublena

IL TEMPO PASSA

Il tempo passa
attenuando il dolore che il destino ci ha inflitto.

Il tempo passa
guarendo le ferite che ci hanno segnato.

Il tempo passa
lasciando cicatrici in ricordo dei momenti che
abbiamo vissuto.

Il tempo:
il nostro migliore amico,
il nostro peggior nemico

Dedicato a mio Padre
[Giublena Giovanni Carlo
29/04/1936 - 15/06/1997]

UN GIORNO QUALUNQUE

Scoprirsi svegli, и mattina presto di una domenica qualunque. La notte passata a scriverti di sentimenti profondi ed infiniti, parole che ti commuovono e ti fanno piangere. Un abbraccio, la ricerca di un contatto fisico, reale.

Fra di noi una scintilla che infiamma i nostri corpi, mentre le tue labbra morbide sfiorano le mie ed una miriade di scosse devasta il mio cervello. Nella penombra le mani esplorano il corpo sul quale scivolano, cercando di godere appieno di quanto il tatto restituisce loro.

I baci esprimono pienamente il sentimento che divampa in noi, mentre i pochi vestiti lasciano spazio al contatto della pelle, il piщintimo e desiderato. И un gioco sublime quello della ricerca del piacere. Un'esperienza mistica che, nella gioia della carne, eleva lo spirito ed unisce le nostre anime restituendo sensazioni celestiali ed irripetibili. Avvolti in un caldo abbraccio non resistiamo alla reciproca attrazione, assaporando baci proibiti dei quali non potremmo fare a meno mai.

Una breve doccia insieme, un momento di estrema intimita e confidenza unico e bellissimo, poi ci concediamo al mondo.

Il solito bar, la solita colazione, ma tutto oggi ha un sapore diverso: и tutto piщ buono!

Gusti semplici eppure famigliari. Calde fragranze che sprigionano profumi nuovi e che ristorano il corpo e lo spirito.

Una lunga passeggiata, il sole.

Le persone che ci circondano sono sbiadite figure senza volto. Siamo noi gli attori protagonisti in questo giorno qualunque.

Tu ed io persi in una citta che ci fa da cornice, immersi l'una negli occhi dell'altro affamati di questi momenti preziosi ed insostituibili.

Un aperi-pranzo и il pasto perfetto per chi, come noi, sa apprezzare le piccole cose.

Ma и ancora forte il desiderio di stare insieme ed i nostri corpi si attraggono nuovamente in una vorticosa spirale di amore e sesso che ci fa godere di ciт che siamo.

Una cenetta in compagnia di un buon film e la serata lentamente ci accompagna al giusto sonno.

Rimane il desiderio.

La voglia di essere io e te lasciando il mondo fuori, perchй noi siamo tutto ciт che ci serve e tanto basta.

Un giorno stupendo, un'immersione totale in noi come coppia, come una sola anima, come all'inizio, come dovrebbe essere sempre nel nostro rapporto unico e speciale, divino ed irraggiungibile, dove tutto и cominciato in un giorno qualunque, in una citta qualunque,

in un mondo che non c'и.

L'UNIVERSO

Lo sguardo rivolto verso l'infinito.

La mente cerca cir che gli occhi ancora non vedono: un universo distante e lontano, ma ambito.

Un luogo situato oltre le galassie conosciute, un universo parallelo nel quale i nostri cuori battono all'unisono, sincronizzati dalla luce del nostro amore eterno.

In quel mondo perduto nel cosmo le nostre vite resteranno unite fino alla fine dei giorni, proseguendo il loro cammino aldila del tempo e dello spazio insieme per l'eternita, insieme per sempre.

IL TACITO ACCORDO

Quando arrivai all'hotel non mi aspettavo che Giulia fosse gia in stanza.

Entrando rimasi stupito sentendo la sua voce provenire dal bagno.

Mi disse di mettermi comodo e che non ci avrebbe messo molto.

Ho conosciuto Giulia per caso, durante un incontro genitori/ insegnanti a scuola, ci siamo ritrovati a parlare e c'и stata subito intesa.

Lei sposata, io separato, lei casa e famiglia, io in cerca di avventure, lei introversa e timida, io spaccone e pieno di me. Non so per quale strano caso del destino, ma un paio di giorni dopo ci siamo rivisti in un bar per un caffи. Abbiamo parlato, ci siamo conosciuti meglio, io le ho chiesto di rivederci e ...

Era la terza volta che ci incontravamo in quell'hotel e finora avevo sempre atteso il suo arrivo con trepidazione. Il rischio di un ripensamento da parte sua era incombente, perchй in fondo era innamorata di suo marito e temeva di perdere lui e le sue figlie.

La nostra, per lei, era una sorta di evasione dalla routine, nulla di serio quindi o, almeno, non lo era stato fino ad ora.

Giulia uscмdal bagno e si fermт di fronte al letto, appoggiandosi allo stipite della porta e posando, come una musa di altri tempi, davanti al suo pittore. Rimasi estasiato a guardarla. Indossava un corsetto in seta bianca, ornato da pizzo sul davanti e sulle coppe, ed un perizoma striminzito e molto audace. Restai senza fiato nel vederla, in piedi di fronte a me, offerta ai miei occhi, disinibita e sicura di sй. Era diversa dalla timida ed impacciata donna che avevo conosciuto settimane prima. Il colore bianco del corsetto avvolgeva il suo corpo e si confondeva con la sua pelle diafana, mentre in piedi di fronte al letto imitava, divertita, le modelle protagoniste delle pagine patinate delle riviste di moda.

Un calore improvviso inizit a soffocare il mio respiro, mentre osservavo il suo corpo imperfetto e meraviglioso. Giulia non era una modella, i suoi fianchi generosi e le morbide curve del suo corpo erano differenti dalle immagini delle ragazze che popolavano i social network. Il suo seno non era piщflorido e rigoglioso come prima della maternita ed il suo ventre non era affatto piatto. Giulia era piccola di statura ed impacciata nel mettersi in mostra. Era una moglie, una madre ed una donna come tante, ma ai miei occhi appariva come la piщbella fra le Dee.

"Sei bellissima."

Le dissi guardandola negli occhi e lei mi ringraziт arrossendo e recuperando un po' di quella sicurezza che voleva che io percepissi nel suo modo di atteggiarsi. Avevo il cuore in gola. Le chiesi di avvicinarsi, ero agitato come se fossimo due innamorati ed il nostro fosse il primo incontro. Non l'avevo mai vista cosмseriamente convinta di voler essere in quell'hotel con me in quel momento. Nei nostri incontri precedenti era stata dubbiosa, incerta e ritrosa, e sentivo che non si era mai lasciata andare completamente.

Ma quel giorno fu diverso!

Quel giorno si concesse al mio abbraccio e si abbandonт a me con un trasporto tale che sconvolse i miei sensi e mi lasciт spiazzato. Quel giorno il nostro rapporto non fu solo un comune incontro clandestino. In quei momenti appassionati scaturirono un sentimento incontenibile ed un legame potente e nuovo fra di noi. Rimasi abbracciato a Giulia per diversi minuti prima che lei si alzasse dicendo:

"Devo andare ora."

Non risposi, restai a guardarla in silenzio mentre si rivestiva.

Mise in un sacchetto di carta l'intimo che aveva accuratamente scelto ed acquistato per il nostro incontro, probabilmente con l'intento di disfarsene prima di rientrare a casa. In bagno si sistemт il viso e si ricompose. Si avvicinт al mio volto guardandomi negli occhi, sospirando profondamente e con malcelata tristezza. Poi baciт teneramente la mia fronte e uscмdalla stanza senza voltarsi a guardarmi e senza dire una parola.

Ho rivisto parecchie volte Giulia dopo quel pomeriggio, ma non in una stanza di hotel.

Un tacito accordo fra di noi, quel giorno, ha messo fine ai nostri appuntamenti clandestini. Incontrandoci per caso, le prime volte ci siamo ignorati, in alcune occasioni ci siamo guardati salutandoci distrattamente con un cenno, poi per diverso tempo, ho fatto in modo di non incontrarla piщ

Alcuni mesi dopo, passeggiando nei pressi della scuola che frequentavano le sue figlie, mi decisi a rivederla, ma non mi avvicinai. Rimasi ad osservarla da lontano, mentre parlava con le altre mamme, in attesa del suono della campanella.

Si girò improvvisamente verso di me, come se sapesse della mia presenza e sentisse che la stavo guardando.

Ci fissammo per un breve momento e colsi un velo di rimpianto nei suoi occhi, simile a quello che riempiva i miei da quel giorno ormai lontano.

Guardai quella donna meravigliosa che aveva causato in me un profondo, incolmabile vuoto e poco prima che si girasse le feci un cenno, un saluto incerto muovendo appena la mano.

"Addio Giulia!"

Sussurrai certo che lei lo avrebbe percepito,

poi me ne andai.

APPARENTE SERENITA

Apparente serenita: и questa la mia condizione attuale.

Inseguo da tutta la vita la pace, l'equilibrio delle cose, lo stato mentale nel quale poter vivere serenamente la mia esistenza.

Ora, inglobato in una bolla che anestetizza le mie percezioni e smorza ogni contatto col mondo esterno sopravvivo in stasi, apparentemente sereno.

Felicita, dolore, amore, tristezza, nulla mi pervade, non sento alcun sentimento, non reagisco agli stimoli che ricevo e mi lascio trasportare dal fiume di incertezza che и diventata la mia vita.

Davanti ad uno specchio i miei occhi cercano l'uomo che ero e ciт che vedono и una figura amorfa, senza un barlume di umanita, senza quella scintilla che divampava nei miei occhi e che ora и spenta.

Lo sguardo perso forse a cercare uno stimolo, ma non c'и progetto, non c'и relazione, non c'и scopo in grado di riaccendere la fiamma della vita in me.

Il buio oscura il mio essere, l'oblio fagocita pian piano la mia anima e niente pur fermare tutto questo.

Ormai sono uno schiavo, un servo addomesticato a vivere nel mondo a me destinato:

L'abisso profondo.

IL RIFUGIO

Finalmente!

Ora sono al sicuro!

Al buio, se resto in silenzio e non faccio rumore, non mi troveranno mai!

Dallo stretto passaggio che ho utilizzato per entrare, ho un'ottima visuale sull'esterno e non rischio di essere visto.

Posso rilassarmi ora, mettermi tranquillo e riposarmi. Chiuderт gli occhi, perchй ho bisogno di dormire. Devo assolutamente ristorare le mie gambe stanche, o in caso di fuga, sarei subito beccato.

Non mi avranno mai, questo rifugio и perfetto!

Quanto tempo sara passato?

Sto molto meglio.

Nei dintorni, per quanto riesca a vedere, non sembra esserci nessuno.

Devo studiare la prossima mossa, non voglio farmi cogliere impreparato.

Aspetta! Sento delle voci, sono vicine.

Devo rimanere fermo ed in silenzio e se sara necessario tratterrт il respiro.

Devo stare calmo, essere freddo e tranquillo. Li vedo, stanno parlando proprio qui di fronte all'ingresso del mio nascondiglio.

Sono perduto!

Sono stato fortunato, se ne sono andati.

Ho temuto il peggio, ma mi и andata bene.

Questo rifugio и davvero perfetto!

Da quanto tempo sono qui?

Per quanto tempo dovrт ancora restare prima di rischiare ed uscire? Mi sento un po' agitato, devo assolutamente calmarmi. Se mi trovassero sarei in trappola, da qui non potrei uscire e mi prenderebbero di certo.

Dannazione! Forse questo posto non и perfetto come pensavo.

Ora ho paura!

Ma devo stare calmo e andra tutto bene.

Sento dei passi che si avvicinano.

Cavolo, c’и qualcuno di fronte all’ingresso del mio rifugio!

Mi hanno scoperto?

“Esci da lм”

Non rispondo, forse и una trappola…

Maledizione non si allontana dall’ingresso, non posso fuggire!

“Esci da lм ho detto”

Sono stato scoperto!

“Non lo ripeto piщ!

Esci dall’armadio e vai a lavarti le mani, la cena и in tavola.”

“Ok mamma arrivo, uffa!”

PAUSA DI RIFLESSIONE

TrascorrerT questa giornata a letto assaporandone ogni singolo istante.

Mi chiamo Mauro, ho trent'anni e credo di dover fare una pausa.

Voglio letteralmente godermi ogni secondo che viene scandito dalla lancetta dell'orologio sopra al comodino.

Sento, sulla pelle, il tepore delle coperte che mi avvolge e mi rassicura.

Sono completamente rilassato ed immobile nella penombra della camera da letto, e respiro molto lentamente. Ogni tanto apro gli occhi e guardo il soffitto bianco sopra di me. Immagino, con un po' di fantasia, una tiepida notte di primavera, col cielo tempestato da milioni di stelle brillanti come diamanti. Quei piccoli puntini luminosi sono distanti da me anni luce, ma brillano grazie alla loro potente energia che arriva fino a qui regalandomi una sensazione di pace e serenita, mentre le osservo splendere nel grande firmamento. Chiudo gli occhi assaporando questa immagine meravigliosa e mi crogiolo fra le lenzuola che profumano di essenze floreali.

Un rumore di passi proviene dal corridoio.

Riconosco la camminata.

La porta della camera da letto si spalanca, e la mia compagna entra nella stanza.

Non mi serve guardarla per sapere che sta sorridendo e subito mi sento accarczzare dalle sue morbide labbra, avvolto in un intenso abbraccio carico di amore.

Sara и mia moglie, ha due anni meno di me e ci siamo sposati tre anni fa. Siamo innamoratissimi ed il nostro amore и speciale. Si siede sul letto accanto a me ed inizia a raccontarmi per filo e per segno tutti gli impegni ed i progetti della giornata, che per lei sara decisamente impegnativa. Verso sera poi si incontrera con la sua migliore amica per un aperitivo e quattro chiacchiere fra donne, e poi tornera per cena. Mentre mi parla mi lascio inebriare dal profumo meravigliosamente unico dei suoi capelli. Una miscela di prodotti che soltanto lei sa trasformare in una celestiale fragranza, in grado di rapire il mio olfatto e stregare il mio cervello. Si avvicina al mio viso e mi omaggia del suo collo cosicchй possa sfamarmi del suo profumo. Poi mi saluta con un dolcissimo bacio e mi sussurra all'orecchio che mi ama, infine esce chiudendo la porta dietro di sй.

Torna il silenzio e mi immergo nuovamente nella mia tranquilla solitudine.

Guardo di nuovo il soffitto, ma questa volta immagino un cielo azzurro affollato da nuvole bianche multiformi sospinte dal vento in luoghi distanti da me. Mi diverto ad indovinare quale forma assumeranno modellate dal soffio del vento. Un coniglio, un orsacchiotto, un puledro imbizzarrito? Un raggio di sole fa capolino dietro alle nuvole che, simili a bambagia, gli danzano intorno, nascondendolo e svelandolo ad intervalli irregolari.

A distrarmi da questa immagine di straordinaria bellezza и ancora un rumore di passi in corridoio.

La porta si apre e l'esile figura di mia madre si avvicina al letto, brontolando per la tapparella ancora abbassata, che prontamente e frettolosamente viene da lei alzata. Dalla finestra si fa spazio una lingua di luce. Il sole, che poco prima avevo immaginato sul soffitto, ora sta entrando pian piano nella stanza. Sento il suo calore lambire le mie gambe e salire pian piano lungo il mio corpo fino a fermarsi sulla mano destra. Il tiepido raggio di luce mi scalda il cuore. Nel mentre, mia madre si и seduta sulla sedia accanto al letto e mi racconta dei dolori alle articolazioni che, con la vecchiaia, si sono acuiti. Le piace sfogarsi con me soprattutto riguardo ai miei nipoti che, a detta sua, sono mal gestiti e male educati da mio fratello e da sua moglie.

Mi fa sempre sorridere sentirla lamentarsi in tal senso. Lei non riesce a capire che non ha potere decisionale sulla famiglia di Marco, mio fratello, ma puт solamente fornire consigli in base alla sua esperienza senza pretendere che vengano poi seguiti.

И molto divertente ascoltarla lamentarsi di tutto, sicura di avere ragione sempre e comunque. La trovo irresistibilmente rilassante. Con le solite raccomandazioni da mamma premurosa ed affettuosa, si congeda e lascia la stanza chiudendo la porta dietro di sй.

Resto finalmente e nuovamente solo a godermi il sole che con prepotenza ha invaso gran parte della camera da letto, approfittando del varco concesso dalla generosa finestra. Con gli occhi chiusi cerco di fare scorta del tepore dei suoi raggi sulla mia pelle. Tendo le orecchie per carpire i suoni che provengono dall'esterno. Una coppia di rondini sta preparando il nido nel sottotetto, mentre in strada un neonato piange disperatamente nel suo passeggino.

Distolgo per un attimo la mente da questi e altri suoni e mi concentro sul momento e su di me, sdraiato in questo letto, e sulla giornata che sta per finire cosмcom'и cominciata.

Penso al pauroso incidente che mi ha costretto a vivere allettato, immobile e privato della parola, come un vegetale umano senziente.

Penso a mia moglie e a quanto tempo impieghera a rendersi conto che la sua vita, con me, non и piщla stessa.

Penso a cosa farт quando mi lascera per costruirsi un futuro diverso in cui vivere lontano dalla tragedia … lontano da me.

Penso al giorno in cui nessuno avra piщvoglia di raccontarmi le sue giornate, quando mi stuferт di immaginare il cielo al di la del soffitto e di ascoltare i suoni fuori dalla finestra.

Verra il giorno in cui dovrт affrontare la dura realta, perchй la verita и che sono imprigionato nella piщinviolabile delle gabbie:

il mio corpo.

Non posso scappare e ho paura!

IL SENZATETTO

Ho un ottimo lavoro, guadagno bene ed ho buone possibilita di crescere professionalmente.

Sono giovane e mi piace quello che faccio.

L'ufficio dove lavoro dista circa mezz'ora di treno da casa mia e mi sveglio molto presto per non arrivare mai in ritardo. Col tragitto, il turno lavorativo e la pausa in mensa resto fuori casa circa dodici ore.

Arrivo stanco a fine giornata, ma contento e pronto a ripartire con slancio dopo una notte di meritato riposo.

Ho conosciuto un senzatetto, dice di chiamarsi Hiroshi. Da diverse settimane gli dono qualche moneta quando passo sotto il ponte dove si и accampato, che и sulla strada che percorro per raggiungere casa mia dalla fermata del treno.

Mi fa stare bene offrire il mio aiuto a quel vecchio. Mi sento una persona migliore.

Ieri Hiroshi mi ha chiesto se mi sento appagato. Gli ho risposto di sм, ma mi и spiaciuto.

И stato come sbattergli in faccia quanto io sia piщ fortunato di lui.

Stasera gli porterт qualcosa da mangiare e magari una coperta. Quel vecchio и un brav'uomo e vorrei fare di piщper aiutarlo.

Mi fermo spesso a parlare con Hiroshi quando rientro dal lavoro. Qualche volta porto del cibo e mangiamo insieme.

Mi piace ascoltare i suoi racconti.

A volte sembra che abbia vissuto piщdi una vita.

Oggi il mio capo mi ha annunciato che alla fine di questo semestre, se i risultati saranno buoni, avrт una promozione. Guadagnerт piщsoldi e ne investirт una parte per aiutare concretamente Hiroshi.

И un amico per me. Mi piace parlare con lui. Mi sembra di conoscerlo da sempre.

Ho invitato Hiroshi a dormire da me stasera, fuori fa veramente freddo. L'inverno и rigido e sotto quel ponte tira un'aria gelida. Nel mio bilocale c'и poco spazio, ma sul divano stara sicuramente piщcomodo e caldo che avvolto nel sudicio cartone. Un raggio di sole tiepido e luminoso mi punta dritto agli occhi.

И tardi stamattina, non mi sono svegliato alla solita ora.

Sono in ritardo!

“Arghh!”

Una fitta dolorosa mi perfora la schiena. Non riesco a muovermi!

Mi devo alzare, ma le ossa mi fanno male e sento fitte lancinanti in tutto il corpo.

Cosa mi sta succedendo?

Apro gli occhi a fatica ancora accecato dal sole. I muscoli sono indolenziti e non rispondono al mio desiderio di muovermi.

Dove sono?

Tutto gira e mi sento mancare, sto perdendo i sensi…

Il profumo di cibo caldo mi sveglia, apro a fatica gli occhi ed и gia buio.

Per quanto tempo sono rimasto svenuto?

Una voce dietro me mi invita ad alzarmi:

“Avanti Hiroshi svegliati, ti ho portato un pasto caldo per ringraziarti di quello che hai fatto per me.”

Riconosco quella voce … и la mia voce!

Ignorando il dolore devastante ad ossa e muscoli, mi metto seduto e vedo me stesso in piedi di fronte ai miei occhi.

"Copriti bene stanotte Hiroshi, perchй fara molto freddo. Io torno a casa ora, domani mi aspetta una pesante giornata di lavoro e devo essere riposato."

Guardo allontanarsi quel ragazzo che fino a ieri ero io. Alzo un braccio, un piccolo gesto come per chiamarlo e mi soffermo a guardare la mia mano.

И vecchia, avvizzita e tremolante.

Intorno a me riconosco la volta del ponte.

Ma cosa mi и successo?

Cosa mi ha fatto Hiroshi?

E perchй proprio a me?

Gli ho voluto bene

L'ho aiutato!

Questo non sono io!

Questa non и la mia vita!

Come posso riavere indietro ciт che ero?

Resto solo, seduto ed infreddolito, mi avvolgo nella coperta che io stesso ho comprato. Mi copro con lo spesso cartone per ripararmi dal vento gelido.

Guardo le persone camminarmi vicino ignorandomi. Sono completamente invisibile ai loro occhi. Sono un tassello corrotto di quella societa alla quale appartenevo fino a ieri.

Sono un rifiuto, uno scarto.

Ora sono un senzatetto!

OCCUPAZIONE

Il pianeta in cui vivo иun mondo di straordinaria bellezza, la sua natura и rigogliosa, ricca di foreste, oceani e verdi pianure. Un pianeta meraviglioso, riscaldato da una stella eterna la cui calda luce ha creato la vita milioni di anni fa.

Poi sono arrivati loro ...

In principio sono atterrate tre navicelle.

Li abbiamo accolti con un caloroso benvenuto, ricordo che restammo tutti stupiti di quanto fossero simili a noi.

Molti libri, fumetti e film avevano gia predetto un evento come questo, ma tutti dipingevano gli alieni come omini verdi, o giganti grigi dalle lunghe braccia, creature insettoidi o mostruosi abomini.

Invece quello storico incontro fu una rivelazione straordinaria e sorprendente.

Alla spedizione aliena fu descritta brevemente la nostra storia e mostrata la geografia del pianeta e la condivisione fu molto apprezzata dagli stranieri venuti dallo spazio.

Essi partirono pochi giorni dopo, salutando la popolazione festosa che li osservT con meraviglia lasciare il pianeta.

La notizia della vita su altri mondi riempMper giorni i titoli dei giornali. Il loro aspetto, cosMsimile al nostro, diede nuova linfa e spunti agli studi di antropologia.

Il pianeta era letteralmente in subbuglio.

La notizia era senza precedenti!

Undici giorni dopo il primo contatto con gli alieni, centinaia di navi spaziali si stanziarono nell'orbita del nostro pianeta. Poche ore dopo scatenarono una pioggia di missili, la cui deflagrazione sterminT i due terzi della popolazione mondiale in pochi minuti. I fumi velenosi si propagarono, trascinati dai venti, fino alle lande piц remote delle terre colpite.

A milioni morirono durante quel bombardamento e nessuno ebbe il tempo di rendersi conto di nulla.

Chi scampT alle esplosioni, invece, brucit vivo a causa delle radiazioni e le sofferenze furono inimmaginabili.

Per qualche ora un messaggio su tutte le reti di comunicazione mondiali tentT di avvisare la popolazione del pericolo incombente, poi fu il silenzio.

Migliaia di navicelle, simili a quella del primo sbarco, con le pance piene di soldati, armati fino ai denti, atterrarono nelle zone non ancora devastate dagli attacchi missilistici. Chiunque si trovasse sulla loro linea di fuoco venne ucciso senza pieta.

In pochi minuti ci arrendemmo tutti.

Fra i cadaveri dei caduti ci inginocchiammo, con le mani dietro la testa, in segno di resa incondizionata.

Nonostante il nostro gesto vidi alcuni soldati alieni infierire e uccidere comunque alcuni di noi, anche se ci eravamo gia chiaramente arresi. Ci fecero sdraiare a terra con le mani sopra la testa mentre potenti macchinari, scaricati da navicelle da trasporto, disboscavano la foresta circostante creando un'immensa pianura.

Le donne, i vecchi ed i bambini furono raggruppati insieme ai malati e a tutti coloro che non erano in grado di lavorare.

Gli altri, ammucchiati come bestiame, furono costretti a costruire una pesante recinzione utilizzando il legno degli alberi divelti. All'interno del recinto si iniziarono ad erigere enormi baracche, dei veri e propri dormitori, che avrebbero ospitato noi lavoratori nei mesi a venire.

Il grosso campo fu terminato in meno di un mese ed ospitт il gruppo di donne, vecchi e bambini, mentre noi iniziammo a costruirne un altro poco distante.

Da un'enorme ciminiera al centro del primo campo un fumo denso, dal pesante fetore di morte, si innalzava spavaldo ad intervalli regolari portando via con sй le vite della mia gente.

In quei giorni capмche non avrei piщrivisto mia moglie e mio figlio.

Dalla recinzione in costruzione potevo osservare in lontananza un via vai continuo di navicelle da e verso lo spazio, mentre prendeva forma all'orizzonte una mastodontica megalopoli che oscurava il cielo coi suoi fuligginosi fumi di inquinamento.

Furono costruiti otto campi di sterminio intorno a quella metropoli e quel che restava della mia gente vi trovт la morte in pochi mesi per gli stenti, per il freddo o per mano di alieni crudeli.

Dopo ventisette mesi di prigionia siamo rimasti in nove nel mio campo.

Sembra che sia l'ultimo ad essere in funzione, gli altri sono stati smantellati, perchй non c'erano piщdetenuti ad occuparli.

Sono tutti morti trucidati da questi mostri sanguinari cosмsimili a noi eppure cosмspietatamente diversi.

Essi provengono da un pianeta morente, un mondo al quale hanno spremuto ogni risorsa consumandolo come un cancro ed ora lo hanno abbandonato in cerca di un altro dove continuare a vivere, e purtroppo hanno scelto il nostro. Il prezzo da pagare и la nostra esistenza, ma non hanno esitato a spazzarci via per ottenere ciт che bramavano.

Stamattina ho trasportato i miei ultimi compagni al forno dove i loro cadaveri verranno bruciati e smaltiti. Sono rimasto solo io e temo che non mi resti molto da vivere. Due ufficiali mi hanno accompagnato nella loro baracca, ho il permesso di farmi una doccia calda e mi hanno dato dei vestiti puliti.

L'acqua bollente sulla pelle mi ha commosso e ho pianto.

Sotto la soletta della scarpa destra ho conservato una foto della mia famiglia, l'ho scattata anni fa durante un picnic in montagna. И l'unico ricordo che ho di mia moglie e di mio figlio e di quanto fosse bello questo pianeta prima dell'arrivo di questi mostri senz'anima.

Vengo informato che, essendo l'ultimo rimasto della mia gente, avrт l'onore di essere fucilato di fronte alle piщalte cariche del nuovo Stato.

Devo essere fiero di un tale onore, mi dicono. Uno di loro mi da una pacca sulla spalla ridendo di me.

Dopo il pasto, il migliore da mesi, vengo portato a visitare il museo che и stato allestito in nostra memoria, i precedenti abitanti di questo pianeta.

Al suo interno sale ricche di fotografie, ologrammi e cartine geografiche illustrano la vita della mia gente ai visitatori alieni. Il salone finale ospita, in alcune vetrine, uomini, donne e bambini del mio popolo i cui cadaveri sono stati imbalsamati ed esposti al pubblico per mostrarne l'aspetto e l'abbigliamento.

Uno spettacolo macabro che mi attorciglia lo stomaco!

In cella passo le ultime ore ripensando alla mia famiglia, ai cadaveri delle persone che ho accompagnato nei forni e che si sono dissolte nel vento ed ora vagano intorno a me sostenendomi in queste ultime ore di vita.

Sono esausto e senza forze, ma non voglio morire.

Ho paura e mi viene da piangere.

Perchй и capitato tutto questo?

So di non avere scampo, so di essere l'ultimo e temo la morte, ma non mi sento un codardo.

И mattina, sento il fermento ed il vociare della folla.

Non ho dormito stanotte.

Ho visitato con la mente tutte le cose belle di questo mondo che ora non mi appartiene piщ Cercherт di essere coraggioso di fronte ai fucili per dimostrare il valore e la fierezza della mia gente.

Ma sono terrorizzato!

Tutto и pronto ora; attraverso gli altoparlanti una voce annuncia la mia esecuzione.

Il plotone и schierato di fronte a me ed io sto tremando fra un attimo sarт ...

(Fragore di spari di fucile)

-Una voce al microfono-

"Oggi, 16 gennaio 2967, inizia ufficialmente il nostro insediamento su questo pianeta come colonizzatori e suoi unici abitanti. Da oggi, in onore del nostro vecchio mondo, nomino questo pianeta: "Terra". Lunga vita a noi Terrestri! Che la giustizia ci mostri la via per una lunga era di pace, prosperita e vita".

BOATO

Un rumore assordante e poi un silenzio vuoto, quasi irreale.

Ho gli occhi sbarrati!

Sento le gocce di sudore scendermi sulla fronte, ma non riesco a muovermi, sono paralizzato dalla paura.

La bocca и secca, mi rendo conto di averla spalancata come se volessi gridare ancora e avverto un ronzio acuto che mi perfora le orecchie.

C'и polvere, polvere dappertutto!

L'esplosione и stata devastante, ma sono ancora vivo!

Un momento ...

Era solo un sogno, la guerra и finita!

И finita da tempo, ma и ancora una presenza ostile ed inquietante nella mia testa.

So che impazzirт!

Non ho via di scampo!

LO STRANO INCONTRO

Mi chiamo Samuel Higgins e sono un fotografo naturalista freelance. Sono originario del Minnesota e la mia terra mi ha insegnato ad amare la neve, il ghiaccio ed il gelo. Mi sono preso una pausa dal mio matrimonio.

Io e mia moglie ci amiamo, ma siamo arrivati al punto in cui il dialogo и venuto a mancare e la routine ha preso il sopravvento.

Un periodo di lontananza ci fara bene, ne sono certo!

Mi sono trasferito per un po' in Canada, precisamente a nord ovest, nella fredda regione dello Yukon, dove ho affittato una piccola baita sperduta nella foresta poco distante dal fiume Macmillan, un affluente dello Yukon, e ho ripreso il mio lavoro di fotografo freelance.

Durante i miei appostamenti, che a volte durano anche diversi giorni, mi capita di vedere alci, caribщ orsi neri e grizzly, lupi, linci e volpi. Osservo gli animali selvaggi nel loro habitat naturale, mentre cacciano e si nutrono, ed immortalo il loro comportamento nelle mie fotografie. Per i miei spostamenti mi sono costruito una slitta con una pelle di caribщlegata a due lunghi rami resistenti e leggeri. La trascino dietro di me sulla neve. Al suo interno vi trovano posto la mia attrezzatura fotografica, la copertura mimetica, nella quale mi avvolgo per non essere individuato dagli animali mentre sono appostato, del cibo e l'acqua, perchй di solito non rientro a casa, o almeno non per pranzo. Indosso un abbigliamento termico di alta qualita, poichй le temperature in inverno scendono ben oltre i meno trentadue gradi centigradi, e di notte vanno abbondantemente al di sotto.

Nella citta vicina ho fatto accaparramento di provviste come carne secca, alimenti a lunga scadenza e cibo surgelato, cosмda essere preparato in caso di nevicate particolarmente abbondanti che potrebbero bloccarmi per giorni.

Utilizzerт questo periodo di pausa dalla mia vita privata per dedicarmi totalmente alla fotografia.

Sono uscito molto presto stamattina. Ieri ho notato la presenza di un orso nero vicino al fiume e spero di fare qualche bello scatto, magari mentre иa caccia di salmoni o lucci. Ho trovato una zona ottima per appostarmi, dietro di me ci sono dei cespugli che nascondono la mia presenza e di fronte ho una zona molto ampia con visuale totalmente libera.

Spero che l'orso si fermi da questa parte per la sua battuta di caccia.

Sono passate un paio d'ore e ha cominciato a nevicare. Un bellissimo esemplare di lince si и fermato ad abbeverarsi al fiume. Ho fatto delle buone foto, era un animale stupendo. Non tornerт a casa a mani vuote questa sera anche se spero mi capiti di meglio di fronte all'obiettivo.

И quasi mezzogiorno e per il momento, a parte la lince, non ho avuto fortuna.

Mangerт qualcosa ma ... un momento!

Eccolo!

И arrivato un orso nero finalmente, spinto dalla fame e in cerca di pesce fresco. Osservo la sua pelliccia: и lucida e folta; и una femmina che sembra giovane e forte. Entra in acqua affamata ed inizia a cacciare. Sto facendo foto a raffica e sono felice come un bambino. И stupendo vedere cosм da vicino un animale, selvaggio e pericoloso come l'orso, cacciare con abilita tale che pare danzare leggero fra le gelide acque del fiume.

Non so quanto tempo sia passato, l'euforia per lo spettacolo a cui sto assistendo mi impedisce di rendermene conto. La femmina di orso nero esce dal fiume sazia e grondante acqua.

Improvvisamente si blocca iniziando a ringhiare furiosamente.

Un branco di lupi appostati nella neve fresca compare all'improvviso accerchiandola. Sono cinque, forse sei esemplari, che ringhiando a loro volta la circondano avvicinandosi inesorabilmente.

Non mi sono accorto della loro presenza, perchй troppo intento a scattare decine di fotografie, e sono sorpreso quanto lei.

Perfettamente sincronizzati fra loro i lupi stringono l'accerchiamento facendo indietreggiare l'orsa fino al fiume.

Attraverso la lente del mio teleobiettivo vedo i loro muscoli tesi e pronti a scattare come molle appena il capobranco dara il segnale agli altri lupi. La battaglia sara cruenta e crudele ed io resterт immobile e nascosto per documentarla.

I lupi si lanciano contemporaneamente contro l'orsa, che nel frattempo si и alzata in posizione eretta, pronta allo scontro inaspettato. Agitando le potenti zampe anteriori colpisce uno dopo l'altro due di loro. Il resto del branco morde le zampe posteriori del grosso plantigrado tentando di atterrarlo e averne la meglio. L'orsa uncina un lupo con gli artigli affilati e, alzandolo sopra la sua testa, lo scaraventa in mezzo al fiume ruggendo. Sono rimasti solo due lupi da sconfiggere, ma la femmina di orso nero и coperta di ferite ed indebolita dai potenti morsi dei suoi avversari.

Il suo pelo, intriso di sangue, non и piщlucido e lei, ora, sembra vacillare. Radunando le ultime forze si piega verso i lupi, che mordono le sue zampe inferiori, ne infilza uno con gli artigli e morde l'altro schiacciandolo a morte fra le sue potenti fauci.

La battaglia и finita!

Nella foresta torna la quiete, ma echeggiano i ruggiti lamentosi dell'orsa ferita, che barcollando e agitando la grossa testa, si allontana lentamente dal fiume sanguinando copiosamente.

Ho assistito ad un evento feroce ed efferato e sono rimasto completamente senza forze. Lo spettacolo della natura и a volte meraviglioso e a volte crudele, ma и pur sempre la natura, ha le sue leggi e si devono accettare.

Dovrт restare qui nascosto e al sicuro ancora per qualche tempo. I lamenti dell'orsa ferita risuonano nella foresta e richiameranno altri predatori che tenteranno di farne il loro pasto.

Quando mi sentirт al sicuro mi avvierт verso casa, non vedo l'ora di scaricare le foto sul computer.

И passata piщdi mezz'ora, и il momento di smontare il cavalletto, ritirare la fotocamera, ricompormi e tornare verso casa.

Improvvisamente sento un rumore di passi lenti sulla neve ghiacciata provenire dai cespugli dietro di me. Un tonfo sordo ed un respiro affannoso mi gelano il sangue.

L'orsa и venuta a morire qui?

Attirera altre bestie affamate e quindi non sono al sicuro, ma se adesso mi muovo potrebbe attaccarmi lei stessa.

Sento un latrato simile a quello di un grosso cane ed intuisco che si tratta di uno dei lupi che и sicuramente ferito.

Non si muove, lo sento respirare con affanno e guaire di dolore. Decido di avvicinarmi per guardare le sue condizioni. Impugno il coltello da caccia che porto sempre con me e striscio lentamente verso di lui. Sdraiato fra i cespugli alle mie spalle ha sicuramente sentito il mio odore e percepito la mia presenza. Il lupo sa che mi trovo qui accanto a lui e se non mi ha attaccato subito significa che non puт o non vuole farlo. Mi sono mosso con lentezza per non allarmarlo ed ora sono di fronte a lui.

И un esemplare magnifico!

La sua corporatura и di gran lunga piщ grande di quella di un comune cane di grossa taglia ed il suo pelo и spesso e morbido e dall'aspetto folto e caldo.

A colpirmi sono i suoi occhi, al tempo stesso impauriti e sofferenti. Uno sguardo, il suo, dannatamente umano. Resto fermo e immobile di fronte a lui per abituarlo alla mia presenza e per non agitarlo. Nel silenzio della foresta il suo respiro affannoso sembra coprire ogni altro suono. La sua coscia posteriore presenta uno squarcio evidente ed il pelo и strappato in tutta la zona circostante.

Non sembra perdere sangue, ma la lacerazione deve farlo soffrire parecchio.

Poso il coltello, tolgo il guanto e distolgo gli occhi dal suo sguardo girando la testa verso la mia spalla sinistra, allungando lentamente il braccio destro nella direzione del suo muso tenendo la mano aperta. Voglio che mi annusi, che mi faccia capire se posso avvicinarmi a lui senza correre alcun pericolo. Il lupo ringhia con scarsa volonta ed io mi fermo immediatamente. Lascio il braccio teso verso di lui aspettando qualche secondo prima di muovermi nuovamente nella sua direzione. Gli sono molto vicino e gli permetto di annusarmi, cosм lui mi appoggia letteralmente il naso contro il palmo della mano. И umido e freddo ed il contatto con l'animale mi provoca un brivido ed un'emozione di gioia mista a paura. Senza perdere il contatto fra di noi giro lentamente la testa, mentre il lupo annusa ancora la mia mano emettendo latrati e ringhiando goffamente. Credo che mi voglia permettere di aiutarlo. Tento di accarezzarlo fra le orecchie con un gesto lento e un movimento costante ma, con uno scatto, l'animale mi afferra il polso con le fauci e sento le sue zanne trattenere la mia mano. Il gesto improvviso mi lascia impietrito, temo che il lupo mi strappi l'arto. I suoi occhi mi fissano, ma i suoi denti non affondano nella mia carne. Cerco a parole di calmare l'animale sperando che intuisca le mie intenzioni pacifiche e fatico non poco ad estrarre la mano dalla sua bocca.

Il lupo appoggia la grossa testa fra le sue zampe anteriori continuando a fissarmi ed io cerco il coraggio per allungare nuovamente la mano e tentare di accarezzarlo.

Le mie dita sfiorano il pelo fra le orecchie abbassate del lupo ed istintivamente la bestia socchiude gli occhi.

Nel frattempo ha smesso di nevicare.

La sua pelliccia и ancora umida per la battaglia nel fiume con l'orso, ma sento il calore del suo corpo mentre affondo le dita nella sua spessa coltre di pelo. Continuo a parlare per calmarlo, ma credo che sentire la mia voce serva piща tranquillizzare me, perchй l'animale si и ora sdraiato su un fianco ed emette suoni che sembrano esprimere il suo gradimento nei confronti delle mie carezze.

И un momento incredibile!

Sto davvero accarezzando un lupo ferito nel bel mezzo della foresta.

Sento che il cuore sta per scoppiarmi in petto per l'emozione! Attraverso il contatto con la bestia ferita cresce in me la volonta di fare il possibile per salvare questo stupendo animale. Con movimenti lenti e misurati ripongo la mia attrezzatura nella slitta, utilizzo la coperta mimetica per celare il lupo ferito ai predatori a caccia nei dintorni e mi dirigo a casa. L'animale si и lasciato coprire senza muoversi, segno che adesso si fida di me.

Raggiungo la baita in breve tempo e preparo bende, disinfettante e antibiotico in polvere per curare la ferita. Prendo il sonnifero in gocce che assumo la sera quando i miei pensieri si mischiano ai ricordi, rendendomi triste ed insonne.

Nel frigorifero c'и una porzione di tacchino ripieno, avanzo della mia cena di ieri. Lo userт per sfamare il lupo, ma anche per somministrargli il sedativo.

Riparto in gran fretta trascinandomi dietro la slitta e raggiungo l'animale che nel frattempo non si и mosso. Mi inginocchio lentamente davanti al suo muso. Alzo piano la coperta mimetica scoprendogli il naso e cerco di tranquillizzare il lupo ferito col suono della mia voce. Mi faccio annusare le dita, perchй riconosca il mio odore e avvicino alla sua bocca una coscia di tacchino. Riconoscendo il profumo del cibo, il lupo spalanca delicatamente le fauci e morde con difficolta il pezzo di carne. Poi, una volta in bocca, sento frantumarsi le ossa della coscia che viene poi velocemente masticata ed ingerita dal lupo. Prendo ora il petto del tacchino nel quale ho messo il sonnifero. Anche se penso che l'animale percepisca l'odore del farmaco, spero che mangi la carne e si addormenti, permettendomi di curarlo in sicurezza e tranquillita. Il lupo и sicuramente affamato, tanto da essersi spinto ad attaccare un orso col suo branco, infatti non si cura dell'odore e mangia la restante carne.

Non mi resta che aspettare e sperare che si addormenti in fretta.

Lo accarezzo parlando con lui e muovendo la mano sul pelo con cautela.

Passano alcuni minuti ed il lupo cede al sonno indotto, ora posso verificare la gravita della sua ferita. La lacerazione prodotta dai potenti artigli dell'orso ha strappato la carne in maniera superficiale e non vi sono tagli profondi che sanguinano. Il pelo deve essere asportato in alcune zone e la ferita va pulita e protetta, perchй potrebbe infettarsi. L'animale и stremato dalla battaglia e probabilmente in stato di shock. Temo che, anche coprendolo, potrebbe non riuscire a superare la notte a causa delle basse temperature di questo periodo. Decido cosмdi caricarlo sulla slitta ben coperto e portarlo a casa con me.

И rischioso, ma voglio tentare!

Ho trascinato faticosamente la slitta fino alla baita, ho acceso il fuoco e sistemato il lupo sul tappeto di fronte al caminetto. Vicino al suo muso ho messo della carne di coniglio e un po' d'acqua in un piattino. Ho tagliato il pelo attorno alla ferita e ho disinfettato per bene tutta la zona lacerata. Con l'antibiotico in dosi massicce non ci dovrebbero essere rischi di infezione.

A breve il lupo si sveglierа e probabilmente sarа spaventato. И il momento piщrischioso per me, perchй potrebbe tentare di assalirmi non conoscendo l'ambiente che lo circonda e sentendosi in pericolo.

Appena ha iniziato a muoversi ho spalancato la porta per permettergli di fuggire senza attaccarmi... o almeno и quello che spero!

Sto osservando lo stupendo animale mentre si sta svegliando aprendo faticosamente gli occhi resi vitrei dal sedativo. И un magnifico esemplare di lupo nero dello Yukon ed и un maschio possente e longilineo al tempo stesso. La sua spessa pelliccia и scura e screziata di varie tonalita di marrone, mentre i suoi occhi sono piccoli e gialli e possiedono una straordinaria capacita di comunicare le sue emozioni con un'espressivita tipica degli esseri umani.

Mi accorgo solo ora che, per tutto il tempo che ho passato in sua presenza, non ho mai avuto l'istinto di fotografarlo.

Se fuggira dalla porta non avrт nemmeno una sua immagine da riguardare per ripensare a questa straordinaria e bizzarra avventura.

Il lupo si и ripreso ed и stranamente calmo, credo non si regga sulle zampe o almeno non ancora. Annusa l'aria intorno a sй e cerca l'acqua. Il sonnifero lo ha lasciato assetato, ma anche troppo nauseato per aver voglia di nutrirsi. Non sembra essere spaventato dall'ambiente sconosciuto e dalla mia presenza. Evidentemente percepisce di non essere in pericolo.

Mi dirigo piano verso la porta per provare a chiuderla. Temo una sua reazione e sento i nervi a fior di pelle.

Fuori sta nevicando copiosamente e si и fatto buio. Il lupo non si и mosso quindi, chiusa la porta, torno a sedere vicino al tavolo poco distante da lui.

Sono affascinato dall'istinto che guida questo animale il quale percepisce di non essere in pericolo in mia presenza. Lo guardo ammirato e lui ricambia il mio sguardo coi suoi occhi penetranti. Guaisce e sbadiglia, credo sia ancora debilitato dalla giornata estenuante.

Senza rendermene conto poco dopo mi addormento, perchй anche io sono sfinito.

Il mattino seguente vengo svegliato dal mio compagno che sta divorando la carne che avevo lasciato vicino a lui. Sembra stare meglio e ne sono felice. I suoi occhi sono piщ accesi e vispi ed il calore del fuoco lo ha ristorato.

И l'alba e voglio tentare un nuovo approccio con lui. Voglio accarezzarlo e intanto controllare la sua ferita. Con voce suadente mi avvicino lentamente al lupo. Sembra un grosso cane, non incute paura, anzi vorrei abbracciarlo e giocare con lui. Un ringhio poco convinto non mi spaventa, ma arresta il mio avanzare forse troppo baldanzoso. Allungo la mano, spero che, annusandomi, mi conceda nuovamente la facolta di toccarlo. Il suo naso umido mi sfiora ed io non mi muovo. Sento il suo fiato sul palmo aperto e la sua bocca si apre, mordicchiando dolcemente le mie dita.

Emette suoni flebili, non sembra innervosito dalla mia vicinanza, così accarezzo piano il suo muso e mi avvicino un po' di più a lui. Resta sdraiato, non accenna alcun movimento e mi permette di accarezzarlo sul capo continuando fino a raggiungergli la schiena. Guardo la ferita, sembra essere tutto a posto, ma non sono un veterinario e posso solo sperare di aver fatto un buon lavoro. Il lupo abbassa il muso, appoggiandolo sulle mie gambe ed un'emozione incontrollabile mi fa commuovere.

Ho fotografato decine di animali selvaggi come lui, ma non avrei mai immaginato di avere una simile occasione in cui condividere un momento così intenso e potente con uno di loro.

Mentre accarezzo quel magnifico lupo prendo pian piano confidenza, perdendo la naturale ed istintiva paura di eccedere con le mie effusioni e trovandomi, di lì a poco, a circondare il suo collo con un abbraccio fraterno, affondando il viso nel morbido pelo vicino al suo orecchio.

Sono stati momenti magici e forse irripetibili, e credo non potrт dimenticarli nemmeno se volessi.

Ho lasciato riposare il lupo ed ho preso della carne secca dalla dispensa. Ho cambiato l'acqua nel piattino e ho fatto colazione anche io.

Un pallido sole ha iniziato ad entrare dai vetri delle finestre. La neve si sta sciogliendo e riesco a vedere la splendida giornata che mi aspetta all'esterno. Spalanco la porta col timore che il lupo decida di ritornare nel suo ambiente anche se so che prima o poi succedera.

Ma non и ancora arrivato quel momento.

Sta mangiando la carne secca, vuole ritornare in forze, и segno che sta guarendo.

Spalo via la neve dall'ingresso per creare un passaggio. La nevicata и stata abbondante stanotte. L'aria и frizzante e meravigliosamente pulita ed io mi sento felice.

Lascerт la porta aperta e nel frattempo scaricherт le fotografie della battaglia di ieri con l'orsa. Voglio capire quale dei lupi fosse quello accanto a me ora. Fra le centinaia di immagini, riesco a risalire alla dinamica che ha permesso al mio lupo di rimanere ferito, ma non in maniera grave.

Gli artigli del plantigrado hanno sfiorato appena la sua coscia, poichй l'attacco del branco alle sue zampe posteriori ha sbilanciato l'orsa mentre sferrava la potente zampata. Un caso fortuito, dal quale и nata una situazione che non avrei mai immaginato di vivere. Nelle mie fotografie sono riuscito ad esprimere la sanguinaria ferocia che anima le battaglie per la sopravvivenza, a cui madre natura sottopone le creature che popolano questo luogo gelido ed inospitale.

Immagini dal possente impatto drammatico, forse le piщ brutali che io abbia mai scattato.

Il lupo nel frattempo si и alzato un po' claudicante e con fatica. Mi osserva barcollando vicino al caminetto ancora acceso. Guarda la porta, annusa l'aria e sente la liberta. Percepisce nuovamente il suo mondo e a piccoli passi insicuri si dirige fuori. Prendo d'istinto la fotocamera e lo seguo con un balzo. Lo trovo poco distante dalla porta, и fermo e si и girato come per aspettarmi in mezzo alla neve soffice.

Scatto una foto e mi sento improvvisamente molto triste.

Ci guardiamo negli occhi ancora una volta, poi il fiero animale si gira e sparisce lentamente fra gli abeti innevati. Provo un profondo senso di vuoto quasi immediatamente, come se una parte di me fosse andata via insieme a quel lupo.

Resto immobile a guardare gli alberi sperando di vederlo tornare. Rientro in casa poco dopo, con una profonda solitudine ed un vuoto nel cuore.

Osservo la foto che ho appena scattato.

Conserverт quest'immagine insieme al ricordo di questo incontro surreale, perchй quel lupo mi ha fatto capire come la solitudine mi stia pesando terribilmente.

Penso a mia moglie, a quanto mi manca.

Ho voglia di ritornare a casa e di stare di con lei.

COME UN DIPINTO

Guardo dal finestrino del treno in corsa e vedo il mondo sfilare veloce davanti ai miei occhi.

Lo vedo trasformarsi in una mescolanza di tenui colori pastello spalmati fra loro con grande abilita e sapiente maestria.

Brevi frammenti impastati da mille sfumature, senza contrasto nй definizione.

Nessun dettaglio prevale sugli altri, nessuna forma.

In un infinito e meraviglioso dipinto impressionista le citta, i campi ed i piccoli paesi danzano, uno dopo l'altro attraverso il finestrino, come fotogrammi di una pellicola proiettata sullo schermo di un vecchio televisore.

D'improvviso la corsa finisce, il treno si ferma e tutto ritorna normale.

Ma la sirena mi avverte sibilando che и l'ora di partire un'altra volta.

Sono pronto per un'altra corsa affacciato al finestrino, per godermi un altro viaggio in un nuovo magnifico dipinto.

IL RAPIMENTO DI PAULA WALKER

Ci siamo radunati ai piedi della montagna, abbiamo iniziato a salire affiancati e distanziati di circa un metro e mezzo l'uno dall'altro. Dobbiamo coprirne l'intero fianco senza perdere alcuna traccia o elemento che ci possa portare a scoprire qualcosa sul rapimento di mia figlia.

Paula и sparita poche ore fa!

Mentre mia moglie era in bagno qualcuno и entrato in casa nostra e l'ha portata via.

Seguiamo le indicazioni di chi, dietro alla mia abitazione, ha visto due uomini a cavallo dirigersi al galoppo verso la montagna. C'и una sola strada che dal paese arriva qui.

Lo sceriffo ha radunato tutti gli abitanti in grado di aiutarci e abbiamo iniziato le ricerche in questa zona.

Mia moglie Isabel и rimasta a casa con alcune signore anziane del paese nella speranza che qualcuno telefoni o riporti a casa la nostra bambina. La salita и faticosa, perchй la parete della montagna и ripida e scoscesa. Il sentiero sale zigzagando in mezzo a noi e, per il momento, non abbiamo trovato nessuna traccia dei cavalli, dei rapitori o di mia figlia. Siamo arrivati in cima e siamo stanchi, ma le ricerche sono state infruttuose.

Ci prepariamo a tornare in paese e sono davvero molto preoccupato.

L'unica speranza и che Isabel sia stata contattata dai sequestratori e che Paula stia bene.

Scesi dalla montagna ci siamo divisi in piccoli gruppi, alcuni di noi hanno perlustrato il paese, altri di noi, a cavallo, le zone circostanti.

Non abbiamo trovato nessuna pista da seguire e tanto meno tracce di mia figlia e non abbiamo alcuna notizia in merito.

Sono passate diverse ore dalla sua scomparsa e sono davvero disperato.

Alcuni uomini troppo stanchi e provati tornano alle loro abitazioni scusandosi con me.

Gli altri, coordinati dallo Sceriffo e dal suo Vice, estendono le indagini allargando il perimetro nel quale eseguire controlli a tappeto.

И notte fonda quando sospendiamo le ricerche. Con questo buio и impossibile continuare, i cavalli sono sfiancati ed inoltre siamo tutti molto stanchi e abbiamo bisogno di riposare.

L'intero paese si и mobilitato per aiutare me e mia moglie. La solidarieta dei miei concittadini mi ha commosso profondamente, ma ho paura che non rivedrт mia figlia.

Isabel ed io, esausti e disperati, abbiamo dormito accanto al telefono, ma non abbiamo ricevuto alcuna chiamata.

Veniamo svegliati l'indomani dai vicini.

Un altro avvenimento ha smosso questo piccolo paese nel quale non succede mai nulla.

La banca и stata rapinata!

Nel suo caveau c'era una grossa quantita di oro, l'intero ricavato della miniera nella quale tutti in citta stiamo lavorando duramente.

Ci siamo trasferiti qui tempo fa e abbiamo costruito questo paese per trovare fortuna e ricchezza ed ora, il frutto dei nostri sforzi, ci и stato portato via!

La disperazione colpisce tutti come il crollo improvviso di un cunicolo a grande profondita e nessuno ha la forza di reagire. Di Paula non abbiamo ancora alcuna notizia. Le speranze di rivederla si fanno sempre piщ deboli.

Isabel piange continuamente e si sta lasciando andare allo sconforto ed io non so che fare.

Sono passati ormai due mesi dal sequestro di nostra figlia e dalla rapina alla banca.

Paula и ufficialmente considerata dispersa.

La miniera da lavoro agli abitanti del paese, almeno fino a quando l'oro non si esaurira.

Io ed Isabel abbiamo deciso di andarcene via da qui. Ci trasferiremo dai suoi fratelli in una piccola citta di pescatori affacciata all'oceano e cercheremo di rifarci una vita cercando di non ripensare a questa vicenda.

Il treno и prossimo alla partenza.

Ringrazio lo Sceriffo per l'aiuto ed il sostegno che ci ha fornito insieme a tutti i cittadini, ma vogliamo partire in fretta, vogliamo solo dimenticare tutto questo!

Ci sono voluti parecchi giorni di viaggio per raggiungere la nostra meta.

Alla stazione ferroviaria troviamo ad aspettarci Grant, il fratello minore di Isabel. La nostra carrozza ha impiegato altre due ore per arrivare a destinazione, ma per noi sono trascorse in un lampo.

Impazienti come bambini ci siamo precipitati ad abbracciare Paula.

Sembra essere passato un secolo, ma finalmente и tornata fra le nostre braccia.

Forse ora potrebbe non essere chiaro il mio racconto, ma и presto detto:

abbiamo simulato il rapimento di nostra figlia per distrarre l'attenzione sul nostro reale obiettivo ossia la rapina alla banca per trafugare l'oro della miniera!

Un piano semplice:

a causa della scomparsa di Paula, l'intero paese si и mobilitato per aiutarci e tutti le attivita sono rimaste chiuse quel giorno, anche la banca.

La cittadina и rimasta paralizzata per tutto il tempo. Lo Sceriffo e gli altri uomini, esausti per le ricerche, non potevano rappresentare un problema quando i fratelli di Isabel si sono intrufolati nel caveau mentre eravamo sulla montagna e, lavorando con tranquillita fino a notte inoltrata, hanno trafugato l'oro caricandolo con calma su di un carro. Le loro mogli si sono prese cura di Paula ed in treno l'hanno portata fino a qui. Il carro con l'oro ed i viveri per i due fratelli ha impiegato tre settimane per arrivare a destinazione, evitando strade frequentate e passando attraverso il deserto per non essere preda facile di banditi e malintenzionati.

Io ed Isabel abbiamo aspettato due mesi prima di andarcene dalla cittadina, cosмda non destare sospetti in alcun modo.

Nessuno in paese ha conosciuto i fratelli di Isabel e tanto meno le loro mogli. Nessuno sa dove ci siamo diretti ed ovviamente, per cautela, non ho citato i luoghi in cui si и svolto questo mio racconto. Logicamente i nomi che ho usato sono inventati, ma non potevo resistere dal dare spicco a questa nostra impresa temeraria.

Ora siamo ricchi e ci godiamo la vita e la cosa veramente importante и che Paula crescera con la sua famiglia senza doversi preoccupare di niente. Alla nostra bambina non manchera nulla, avra tutto il meglio di questo mondo e noi glielo abbiamo garantito, perchй questo и il compito di due genitori responsabili.

JACK L'UBRIACO

La grossa auto si lamentava cigolando mentre, spinta a folle velocita sulla strada sterrata, si allontanava dalla citta.

Era troppo vecchia e logora per subire questo maltrattamento e non si asteneva dal rimarcarlo con ondeggiamenti e vibrazioni.

A bordo Jack scuoteva la bottiglia di whisky per spremervi le ultime gocce.

Era ubriaco, ma questo non gli impediva di sfrecciare fra le stradine di campagna male illuminate dai fari dell'auto.

Aveva appena rapinato un drugstore in citta ed ora doveva scappare e nascondersi.

Jack controllava nervosamente lo specchietto retrovisore col timore di essere inseguito, sbandando pericolosamente e rischiando continuamente di finire nei campi ai lati della carreggiata.

La folle corsa proseguiva incessante, mentre la vecchia auto guadagnava finalmente la strada asfaltata immettendosi in un lungo viale alberato. Il motore, tossendo rumorosamente, inizit a scuotere la pesante vettura che, all'improvviso, si spense completamente rallentando e poi fermandosi singhiozzando.

Jack innervosito tentт piщvolte di riavviarla, ma senza avere fortuna.

La chiave girava a vuoto e l'impianto elettrico non riusciva a ridestare la vecchia automobile.

Nel buio della notte, fermo in mezzo agli alberi, Jack guardт lo specchietto retrovisore temendo di essere braccato dalla polizia. L'oscurita avvolgeva la sua macchina, la radio non si accendeva e Jack inizit a farsi prendere dal panico.

Ubriaco e poco lucido non riusciva a riflettere sulla situazione che gli appariva ben peggiore di quanto non fosse in realta, mentre insisteva concitatamente a girare la chiave di avviamento ancora e ancora senza alcun successo.

Improvvisamente un rumore assordante squarciт il silenzio della notte ed una luce bianca ed abbagliante lo paralizzт.

Istintivamente Jack si rannicchiт fra i sedili, abbassandosi nell'abitacolo per non farsi scorgere. Suoni baritonali, come di parole incomprensibili, uscirono dal gigantesco oggetto volante che sovrastava l'auto di Jack avvolgendola di luce.

Paralizzato dal terrore il malcapitato urlava per la paura, serrando gli occhi e stringendo disperatamente le orecchie fra le mani.

Il velivolo luminescente, fermo sopra la sua macchina, non accennava ad allontanarsi emettendo suoni assordanti misti a lampi di luce. Recuperato un po' di coraggio Jack uscмdall'auto deciso a scappare a piedi per i boschi.

Una volta fuori vide l'oggetto volante sopra di lui, il potente bagliore che emetteva lo accecт ed in preda al panico si inginocchiт a terra completamente frastornato, implorando clemenza.

Stava per essere caricato su quell'oggetto venuto dal cielo ed era terrorizzato!

Aveva visto proprio l'altra sera in TV alcune testimonianze di persone rapite dagli alieni e ricordava come avessero descritto minuziosamente l'arrivo dell'Ufo:

L'auto che smette di funzionare, la luce abbagliante e i rumori assordanti.

Raccontavano che, in seguito al rapimento, subirono esperimenti dolorosi con torture telepatiche ed ora, quelle cose terribili, stavano per capitare proprio a lui che aveva deriso e schernito quei poveri sventurati. Svenne cadendo pesantemente sull'asfalto, impaurito, balbettante ed ubriaco.

L'elicottero della polizia atterrT poco distante dall'auto di Jack. Gli agenti lo raccolsero dalla strada, mentre in completo stato confusionale e scalciando, farneticava di extraterrestri crudeli ed esperimenti tremendamente dolorosi.

Jack finMin carcere per furto con scasso, guida in stato di ubriachezza e aggressione a pubblico ufficiale.

DENTRO LE NUVOLE

La chiesa, arroccata sulla cima dell'altura, dominava dall'alto il piccolo paesino alpino circondato dalle montagne.

In quel mercoledMdi fine agosto l'aria era frizzante ed il cielo, incupito dalla nebbia, nascondeva lentamente il panorama.

Piccole nuvole grigie iniziarono a passeggiare nello spiazzo di fronte alla chiesa e in un attimo mi attorniarono.

Pesanti gocce di pioggia caddero a terra macchiando i sampietrini e sollevando la polvere, mentre, intorno a me, le nubi basse si unirono fra loro in una nebbia fitta. Il tempo rallentT fino a fermarsi e in quell'attimo mi ritrovai immerso fra quelle nuvole eteree ed impalpabili, con la straordinaria sensazione di galleggiare in un infinito cielo grigio e immobile.

Con gli occhi chiusi le sentii sfiorarmi il viso e mi sembrT di volare.

Il tempo riprese pian piano a scorrere secondo dopo secondo.

Le poche gocce divennero temporale ed io trovai rifugio sotto gli archi protettivi che si ergevano all'ingresso della chiesa.

Guardai la pioggia spazzar via le nuvole basse e mi soffermai a respirare il profumo della terra bagnata.

Il temporale fu breve e lasciт dietro a sй un vento fresco come un anticipo della prossima stagione.

Poco dopo il sole trovт spazio fra le nubi sospinte dal vento scaldando l'aria circostante e portando il sereno.

LA NATURA INTORNO A TE

Ti sei soffermato a guardare la moltitudine di venature che si dirama in una foglia?

Hai osservato la miriade di sfumature di verde e giallo che dipinge un prato appena tagliato?

Hai guardato il mondo attraverso gli occhi di una libellula?

Hai misurato la velocita del battito d'ali di un colibrмsospeso in cielo?

Hai contato le onde dell'oceano che si schiantano con fragore sugli scogli?

Hai provato ad immaginare per un attimo quanto sia immensa la nostra galassia?

Di quante galassie и composto l'universo sconfinato?

Hai sfidato te stesso a contare le stelle, dividendole per grandezza ed intensita luminosa?

Hai contato i secondi che scandiscono una vita intera?

Hai a disposizione il tempo che ti serve per estendere i tuoi sensi in ogni direzione, e percepire assaporando tutto quello che la Natura ha da offrirti.

Non perderti nemmeno un frammento di tutta questa meraviglia.

Altrimenti la tua vita sara stata inutile.

CONNESSIONI

Esiste un filo sottile che collega fra loro due o piщ persone che non si conoscono?

C'и una interconnessione fra individui sconosciuti che li unisce attraverso un livello di sensazioni ed emozioni non riconducibili alla comune conoscenza?

Mi pongo di sovente queste domande, perchй in passato ho avuto modo di constatare che esiste una ragnatela di fili che, in qualche maniera, ci collega a persone a noi completamente sconosciute.

Ricordo, ad esempio, che nel giugno del 1997 sono partito alla scoperta di Gran Canaria in vacanza con mia moglie. Nel pacchetto di viaggio erano comprese diverse escursioni, tramite le quali abbiamo esplorato l'isola da cima a fondo.

Visitavamo una stupenda tenuta del diciassettesimo secolo affacciata a 'la valle de San Nicolas' quando una ragazza, fra le tante persone, ha attirato la mia attenzione. In compagnia di due amiche, una delle quali bionda e molto simpatica, passeggiava per i saloni ammobiliati della grande villa. Lei era castana, coi capelli raccolti in una piccola coda e la pelle lievemente abbronzata, scherzava e sorrideva gironzolando per i corridoi. Mi ritrovai a guardarla, attirato da una forza sconosciuta che magnetizzava i miei occhi nella sua direzione. Nel percorso obbligato fra le stanze della villa mi destreggiavo fra i turisti per seguirla con lo sguardo.

Avvertivo il bisogno di vederla, di sentirla vicina.

Capita di guardare una persona di bell'aspetto, di notare un abito particolare o colorato, di essere attirato da una movenza, da una camminata.

Ma quello che mi colpмandava ben oltre la bellezza, oltre l'abbigliamento, al di la di ciт che riesco a spiegare. Sentivo una connessione, un legame con quella sconosciuta e faticavo a nasconderlo.

Per spiegare con un esempio come mi sentivo, si deve immaginare di avere di fronte una persona importante della propria vita che ha perso la memoria e non ricorda piщnulla di voi. La sola differenza и che non avevo mai visto prima quella ragazza! La situazione progredмquando lei si avvicinт alle mie spalle e mi chiese di farle una fotografia insieme alle amiche. Il suo sguardo, il suo sorriso, vederla inaspettatamente dietro di me, e guardarla attraverso la lente della fotocamera, hanno ancora piщconfuso le mie sensazioni, soprattutto quando, mentre mi ringraziava, ho letto nei suoi occhi qualcosa di simile a quello che sentivo e provavo io nei suoi confronti.

Per uno scherzo del destino, per un piano congegnato con fine strategia, per tutta la vacanza ci incontrammo in ogni escursione, su ogni autobus, in ogni locale. I nostri sguardi si incrociavano instancabili, fra di noi il legame diventava forte senza il bisogno di parlarci o conoscerci.

Sono convinto che, leggendo questo racconto, sia opinione comune che si sia trattato chiaramente di un colpo di fulmine, ma sono certo che non sia cosм

Mi и successo di rimanere affascinato da una donna al primo sguardo, ma in quell'occasione fu diverso.

Il legame interiore che provavo nei confronti di quella ragazza era forte come se fosse stato condiviso in anni di vita insieme. Sono assolutamente certo che per lei fosse lo stesso. Siamo stati attratti da qualcosa di piщdella nostra esteriorita.

И stata una settimana complicata, sempre alla ricerca di un contatto e col bisogno incontenibile di sfiorarci passandoci accanto, di sederci sull'autobus abbastanza vicini da poterci guardare, con la complicita delle sue amiche e la paura di esagerare e compromettere la mia relazione.

Il rispetto per la mia compagna и stato un freno, il muro inconsapevole che non ho voluto oltrepassare e che alla fine ci ha divisi per sempre.

Al mio ritorno mi sono sentito perso, cosciente di aver rinunciato ad una opportunita creatami direttamente dal destino e di non avere preso al volo l'occasione di conoscere una parte di me attraverso quella ragazza.

Credo fermamente che ci siano legami unici ed indissolubili, in grado di superare i concetti di tempo e spazio, ma rimanendo saldi nella loro straordinarieta.

Mi sono convinto dell'esistenza di altre realta simili, ma diverse dalla nostra. In queste dimensioni parallele noi iniziamo la nostra vita allo stesso modo, ma le scelte che facciamo cambiano il cammino che percorriamo.

Scandite da linee temporali differenti immagino queste realta alternative come infinite file di binari che partono dalla stessa stazione, ma percorrono direzioni diverse ogniqualvolta imbocchiamo uno scambio, variando cosМil corso della nostra storia.

Quando ci troviamo ad incrociare la vita di una persona sconosciuta, che in un'altra di queste realta ha rappresentato qualcosa di importante per noi, allora la riconosciamo istintivamente e ci sentiamo legati a lei da una conoscenza ancestrale e recondita che ci sembra inspiegabile.

Quando invece percorriamo strade uguali in dimensioni parallele e siamo sincronizzati nel piano dello spazio, ma leggermente sfalsati in quello del tempo, allora percepiamo stralci dell'altra realta che и gia avvenuta e si ripete per noi nel nostro momento; attribuisco a questo mio pensiero il fenomeno dei dйja-vu.

Non conosco le ipotesi elaborate sul tempo, non ho imparato la fisica dei multi-versi e tanto meno so applicare gli studi filosofici dei grandi pensatori.

Quello che ho capito и che ci sono persone speciali, che nel tempo ruotano intorno a noi e si ripresentano, soggiogate da una forza che supera i confini della nostra conoscenza per cambiare il nostro destino nel bene e nel male legate a noi indissolubilmente e consce della nostra importanza nelle loro vite.

La ricerca spasmodica di persone come quella ragazza и diventata per me una vera ossessione!

'Uno sguardo vale piщ di mille parole'

и una bellissima frase e in questo contesto sarebbe perfetta se non fosse che non basta uno sguardo per identificare una persona speciale, una sconosciuta conosciuta in un'altra realta.

Deve scattare quella molla e crearsi quella connessione inspiegabile che non sono certo di aver ritrovato in altre persone fino ad ora.

Non parlo di sentimenti e non mi riferisco all'amore.

Cerco quella conoscenza, quella confidenza, quella lunghezza d'onda, quella specifica frequenza alla quale due persone sono interconnesse e comunicano attraverso qualcosa che va al di la del cuore e non puт essere spiegato dal ragionamento.

Forse la mia и una perdita di tempo, forse sono solo un inguaribile romantico o forse mi sono semplicemente sbagliato e tutte queste mie elucubrazioni non sono altro che una manciata di sciocchezze.

Ma ricordo bene quelle sensazioni, rammento i suoi occhi, sento ancora il collegamento ...

Credo che continuerт a cercare, a sperare, in cuor mio, che sia possibile che esistano universi paralleli nei quali le nostre vite si intrecciano con persone diverse da quelle che abbiamo scelto nella nostra realta e che magari, ogni tanto e inconsapevolmente, ci vengono a fare visita.

TI AMO ANGELICA

Ti ho conosciuta in un locale qui a Berlino, dove vivo. Era una serata di fine autunno piuttosto ventosa. Sei entrata nel pub pesantemente avvolta in una sciarpa gialla dalla quale faceva capolino solo il naso arrossato dal freddo.

Ti sei seduta ed hai ordinato un tи caldo.

Ho atteso diversi minuti per vedere se aspettavi compagnia, poi mi sono avvicinato a te per fare due chiacchiere cercando di non essere invadente. Abbiamo parlato un bel po' e poi ti ho invitato ad uscire ancora per conoscerci meglio. Era stata una bella serata, un incontro casuale e molto promettente.

Mi sei sembrata una ragazza a posto e molto simpatica. Niente eccessi o stranezze. Mi sono sentito a mio agio con te, poi incontrare una italiana come me qui in Germania и stata una piacevole sorpresa. Ci siamo rivisti due sere dopo per un caffи e poi ti ho invitata a cena, approfittando della nostra comune passione per la cucina giapponese.

Tu mi piacevi, anzi a dire il vero mi sei piaciuta subito, appena hai tolto la sciarpa in quel locale, la prima volta che ti ho vista. Parlando con te e imparando a conoscerti mi sono accorto delle tante cose che abbiamo in comune.

Lo ammetto, sono completamente preso da te e penso che anche tu ti senta coinvolta. Hai quello sguardo particolare quando incroci i miei occhi, mandi quei segnali di intesa tipici di chi sta flirtando e hai il mio stesso sorriso ebete fissato sulle labbra quando siamo insieme.

Sei bellissima Angelica!

Guardo spesso il selfie che ci siamo scattati due sere fa al bar vicino a casa mia anzi, per essere sincero, non riesco a spegnere lo schermo del telefono e lo sto letteralmente consumando!

Ieri mi hai baciato, non avevo il coraggio di fare la prima mossa perchй temevo di rovinare tutto, ma non desideravo altro che succedesse.

Ma quanti anni ho?

Sono innamorato come un ragazzino!

Ti ho invitato a casa mia, stasera cucinerт per te e poi se sara il momento giusto…

Sono molto agitato, ma preparerт i miei piatti forti. Mi hai chiesto una cenetta italiana, niente di piщfacile.

Ti stupirт, ne sono certo!

Quando ho aperto la porta mi hai aggredito colpendomi allo stomaco con un coltello affilato.

Sono rinvenuto ritrovandomi legato alla sedia con della stoffa in bocca e del nastro adesivo in faccia per non farmela sputare.

Non posso gridare, la ferita brucia e mi fa male. Mi guardi con freddezza, hai le braccia conserte e stringi ancora il coltello in mano.

C'и il mio sangue sulla lama.

Mi accusi di cose che non ti ho mai fatto e non so perchй. Mi racconti degli abusi, dei soprusi e di tutto quello che hai dovuto sopportare nella tua vita. Ti sfoghi, urli, mi minacci, brandisci il coltello puntandomelo in faccia.

Sei completamente fuori controllo ed io sono legato ed indifeso. Mi accusi come fossi io il colpevole di tutto ciт che ti ha fatto soffrire e che ti ha trasformata in un predatore che attira le sue vittime per poi punirle con tutto il tuo dolore.

Io ti amo Angelica, e non riesco a pensare ad altro.

Non cerco di scappare, non provo a farti dei segni per tentare di rinsavirti.

Ti guardo e rimango impietrito di fronte alla tua trasformazione.

Mi chiedo quanto a lungo ti abbia divorato il dolore che ti porti dentro, per aver scatenato una rabbia cosмincontrollabile e malata.

Vorrei essere certo che i mostri che ti hanno rovinato l'esistenza abbiano pagato un prezzo adeguato al loro crimine.

Probabilmente morirт!

Non appena avrai sfogato a parole il rancore che ti consuma scaglierai il tuo pugnale per uccidermi.

Pagherт il prezzo piщalto, colpevole di essermi innamorato di te, e l'unico mio rammarico и sapere di non avere a disposizione il tempo per poterti aiutare.

Mi chiedo se altri prima di me hanno subito la tua violenza e se altri dopo di me la subiranno.

Ti amo Angelica!

TRAMONTO A BROOKLYN

Se fai il poliziotto a New York City и improbabile che capitino stranezze che tu non abbia gia visto, o che qualcosa riesca a stupirti.

Almeno era quello che credevo ...

Quella notte io e Donna, la mia collega, eravamo di pattuglia a Brooklyn. Abbiamo ordinato due caffи caldi da Starbucks in Front Street e ci siamo fermati a Plymouth Street, di fronte al parco giochi, per goderci il calare del sole con lo skyline della citta incorniciato fra il Manhattan ed il Brooklyn bridge.

Era una serata tranquilla.

Decine di fotografi erano accorsi come ogni sera ad immortalare quel tramonto da cinema e le coppiette romantiche rimanevano incantate da quel panorama in 'altissima definizione'.

Mia moglie lo aveva soprannominato cosм la prima volta che siamo venuti qui, giovani e ancora fidanzati, abbracciati di fronte alla citta illuminata a giorno, mentre il sole si spegneva dietro ai grattacieli proiettati verso il cielo.

Io e Donna siamo usciti dall'auto a bere il caffи approfittando del clima mite e della leggera brezza proveniente dall'East River.

Vivo in questa citta da oltre quarant'anni, ma non mi abituerт mai a questa vista, soprattutto al tramonto.

Resterei ad osservarla per ore benchй, in pochi istanti, sia gia in grado di ipnotizzarmi.

Nulla potrebbe rendere questo spettacolo ancor piщmeraviglioso di cosм

Pochi minuti dopo abbiamo sentito voci stupite ed esclamazioni di meraviglia provenire dalla piccola folla radunatasi poco prima.

Ci siamo avvicinati per capire cosa stesse accadendo e siamo rimasti senza fiato anche noi ...

Appena al di sotto della superficie dell'acqua, a pochi metri dalla riva, una moltitudine di mezze sfere luminose e fosforescenti, danzavano sfiorando la superficie.

Dal fondale del fiume centinaia, forse migliaia di semisfere come quelle stavano pian piano risalendo a galla, emettendo una luce bluastra e smorzata dalla profondita dell'acqua del fiume.

Era iniziata una sorta di danza luminescente proprio davanti ai nostri occhi increduli ed estasiati.

Era una sfilata di oggetti illuminati di luce propria, che seguendo uno schema aleatorio e randomico fluiva verso la Upper Bay.

Il fenomeno fu fotografato da alcuni dei presenti e da moltissime altre persone sulla riva opposta dell'East River, a Manhattan, nel Queens e nel Bronx.

Improvvisamente le semi sfere si sollevarono staccandosi dalla superficie del fiume, come piccole bolle luminose proiettate verso il cielo, lasciando stupiti e a bocca aperta tutti i presenti. Come migliaia di stelle colorate raggiunsero presto altezze sconsiderate e sparirono alla vista.

Solo il giorno seguente venne svelato che si trattava di meduse bioluminescenti, che devono quell'ammaliante chiarore ad alcune proteine che compongono il loro organismo. Grazie alle temperature estive esagerate, unite a cause ancora sconosciute, queste straordinarie creature hanno regalato, a tutti quelli che hanno avuto la fortuna di essere nei pressi del fiume ieri sera, uno degli spettacoli più stupefacenti e rari che io ricordi.

Quello che non fu mai spiegato fu la loro capacita di librarsi in cielo fino a scomparire nel buio.

Quella suggestiva migrazione si и guadagnata un posto di rilevo nella classifica delle cose piщ assurde e meravigliose mai viste nella citta di New York, e detto fra noi, forse и stata proprio questa stupefacente metropoli a dar vita al volo fantastico di quelle strane e luccicanti creature, perchй a New York tutto pur succedere.

GLI INSEGNAMENTI DI UN PADRE

Da ragazzino amavo gli 'anime', i cari vecchi cartoni animati giapponesi, approdati in Italia alla fine degli anni settanta.

La cosa che piщmi affascinava nei loro episodi era l'analisi del rapporto padre-figlio. Il genitore era sempre un uomo importante, giusto, buono, che elargiva consigli al figlio trasmettendogli suggerimenti ed insegnamenti e indicandogli cosмla strada giusta da seguire. Grazie a queste linee guida il ragazzo, solitamente il protagonista del cartone, diventava nel corso delle puntate l'eroe al quale poi ci ispiravamo noi giovani spettatori.

Avevo trentun anni quando mio padre и deceduto.

Nella confusione di pensieri e domande senza risposta che affollava la mia mente in seguito alla sua perdita, col dolore lancinante che mi lacerava il cuore, l'unica cosa che avevo fissa in mente era proprio la mancanza dei suoi consigli. Mio padre non mi aveva lasciato indicazioni o suggerimenti, nemmeno una parola negli anni in cui и stato accanto a me. Ho impiegato diverso tempo per abituarmi all'idea che lui non ci fosse piще, se devo essere sincero, non ci sono riuscito ancora completamente.

Durante i primi mesi in seguito alla sua scomparsa ho riflettuto molto su quanto mi fossero mancati i suoi consigli.

Non sono riuscito a capire perchй non abbia sentito il dovere di trasmettermi la sua esperienza attraverso delle indicazioni che mi avrebbero aiutato a non compiere errori, magari gli stessi che lui non aveva saputo evitare. Ero doppiamente arrabbiato con lui, perchй se ne era andato e perchй non avevo avuto i suoi preziosi consigli. Mio padre non и mai stato un uomo diretto e aperto al dialogo. Era un uomo di una volta, chiuso e distaccato o almeno lo era in apparenza. Parlava poco, non era capace di dimostrare il suo amore con un abbraccio e non riusciva ad intraprendere un discorso o affrontare un problema a parole.

Ci ha provato in piщ di un'occasione, ma non era proprio tagliato per questo tipo di cose. Sono passati piщ di vent'anni dal giorno in cui l'ho perso ed и da molto tempo, ormai, che vedo le cose come stanno veramente. Il suo modo di interagire con me era scherzoso, scanzonato, mi prendeva in giro e mi faceva ridere. Perdevo sempre quando giocavamo a carte ed io mi arrabbiavo.

Mia madre lo sgridava e gli diceva di farmi vincere poichй ero solo un bambino, ma lui piuttosto barava e a partita conclusa mi canticchiava quello che in seguito ho capito essere il suo piщ grande insegnamento:

“Bisogna saper perdere, non sempre si puт vincere ...”,

che ho scoperto essere tratto da una canzone degli anni settanta, credo di una band chiamata ‘The Rokes’.

Non so quante volte l’ho sentito pronunciare quella frase, ma solo ora mi rendo conto che quello era il suo consiglio speciale:

Se impari a perdere, soffrirai di meno quando accadra, perchй la vita и dura e non ti fa vincere spesso. Non aspettarti un aiuto da nessuno, ma lotta con tutte le tue forze e non mollare mai. Fatti le ossa figlio mio e arriveranno anche le vittorie, che saranno speciali e meritate.

Questo и stato il suo piщ grande insegnamento, questo и il suo consiglio piщ prezioso e ne ho fatto tesoro anche se, all'epoca, ero troppo piccolo per capirlo.

Fra le righe delle sue tante citazioni e frasi fatte ho trovato decine di suggerimenti e di indicazioni che all'epoca non avevo colto.

Porto nel cuore le sue parole insieme al suo ricordo sempre vivo in me.

Grazie Pa, ti voglio bene.

ETERNI INNAMORATI

C'и una vecchia leggenda che mi raccontava mio nonno quando ero un bambino.

И la storia di una bellissima Principessa che si innamorт perdutamente di un giovane soldato della Guardia Reale, ma che fu gia destinata a sposare un nobile per sancire la pace fra i regni confinanti perennemente in guerra fra loro. Il giovane soldato, spinto dal suo amore, si armт del coraggio necessario e decise di chiedere la mano della sua amata al padre: il Re. Il sovrano lo condannт all'esilio e fu cosмcostretto a lasciare il castello e la sua terra nativa. Guardт la finestra della torre e la Principessa in lacrime che lo salutava, intuendo che sarebbe stata l'ultima volta che l'avrebbe vista. Senza perdersi d'animo, il giovane s'incamminт verso ovest e raggiunse il villaggio vicino, dove scoprмche vi abitava una strega che, forse, poteva aiutarlo a coronare il suo amore impossibile.

La strega gli disse che esisteva un sortilegio che poteva rendere lui e la sua amata liberi ed uniti per sempre e chiese, in cambio dell'incantesimo, il cavallo del giovane innamorato. Il ragazzo, speranzoso e con rinnovato vigore, intraprese a piedi la lunga via verso il castello e vide che l'esercito del regno vicino aveva nel frattempo raggiunto il maniero e si stava accampando al di fuori delle mura. Il promesso sposo della Principessa era giunto a corte, non c'era tempo da perdere! Grazie al ponte levatoio, abbassato per accogliere il corteo in visita, il giovane potй entrare indisturbato mischiandosi alla folla. Raggiunse velocemente la torre a nord del castello e liberт la sua amata, portandola sul terrazzo in cima al tetto. Estrasse la pozione preparata dalla strega, prese per mano la ragazza e pronunciт la formula che aveva imparato a memoria. In un batter d'occhio i due amanti si trasformarono in statue di pietra levigata e lucida. Quando il pretendente scoprмche la Principessa non sarebbe piщdiventata sua moglie, dichiarт guerra al Re e distrusse l'intero castello con la sua armata, incendiando i campi e distruggendo i villaggi vicini. Fra le rovine del maniero in fiamme le due statue, che si tenevano per mano guardandosi negli occhi, si stagliavano verso il cielo circondate dal fuoco dell'odio, che aveva creato distruzione e devastazione tutt'intorno, mentre l'esercito nemico scompariva all'orizzonte. Gli occhi degli innamorati si guardavano attraverso la lucida pietra che imprigionava i loro corpi e le dita si toccavano unite in un contatto reso infinito dall'incantesimo della strega. Le fiamme si smorzarono, il fumo lasciт spazio alla desolazione e le statue, intonse, parvero una bandiera erta a ricordare al mondo la forza invincibile dell'amore. Trascorsero gli anni e la natura prese il sopravvento sulle ceneri rendendo i campi nuovamente floridi e coltivabili. Una comitiva di pellegrini eremiti decise di fermarsi in quei luoghi e di stanziarvisi stabilmente costruendo un villaggio e dando vita ad una comunita. Il castello venne ricostruito e la statua degli innamorati venne sistemata al centro della piazza come simbolo di amore e pace. Ci fu una grande festa per onorare quella statua, emblema del nuovo villaggio. Fu in quel preciso istante che una luce abbagliante scaturмdalle figure di pietra e l'incantesimo si spezzт, ridando vita ai giovani innamorati che divennero parte di quella comunita. Il loro amore aveva superato la guerra ed il tempo non lo aveva scalfito.

I due giovani divennero un simbolo e diedero enorme valore al sentimento dell'amore in questa bellissima leggenda.

LA MORTE

In generale il rapporto che si ha con la grande mietitrice и all'inizio distaccato e disinteressato.

Da bambini non ci viene detto della sua esistenza, perchй c'и una vita intera per scoprire la sua ingombrante presenza.

La giovinezza ci protegge facendoci sentire invincibili e inconsapevoli che il nostro destino sia gia segnato dalla nascita.

Il concetto chiaro in mente fin da subito и che capita sм ma non a noi e ai nostri cari.

Fino a quando non siamo sfiorati dal lutto, non prestiamo grande attenzione alla destinazione che terminera la strada che percorriamo quotidianamente.

Non esiste un percorso che ci accompagni all'inevitabile con gradualita ed accettazione. Non abbiamo altro appiglio che la religione per affrontare un simile passo che, solo in rari casi, и accolto con consapevolezza. La vecchiaia и considerata solo un peso, un rallentamento per chi и giovane e puт procedere spedito verso nuove sfide.

Un concetto assolutamente sbagliato a mio parere!

Le persone anziane possiedono l'esperienza di vita vissuta, che manca a chi ancora non si и fatto le ossa.

Non dovrebbero essere emarginate, ma ascoltate. Meritano rispetto e attenzioni e di essere aiutate se gravano in condizioni fisiche precarie. Bisogna fare tesoro del loro sapere, non accantonarle come roba vecchia. Un giorno al loro posto ci saremo noi e non ci piacera subire lo stesso trattamento.

‘La vita и una lunga malattia che ci uccidera’

sentenzia spesso mia moglie.

Purtroppo и vero!

Affronteremo tutti la fine. Ne siamo spaventati e proviamo a non pensarci, ma siamo anche curiosi di sapere cosa ci sara dopo.

Io credo che non ci sia nulla!

Penso che lo spasmo che ci tronchera la vita sara l'ultima sensazione che proveremo e l'unica della quale non potremo condividere nulla. Sono certo di una cosa perт: che il nostro ricordo nella mente di chi ci ha amato e voluto bene fara rivivere una immagine che sara la parte migliore di noi.

Questo sara il vero lascito che abbiamo donato a chi ripensera a noi con affetto, facendoci riapparire per un flebile istante vivi nella sua memoria.

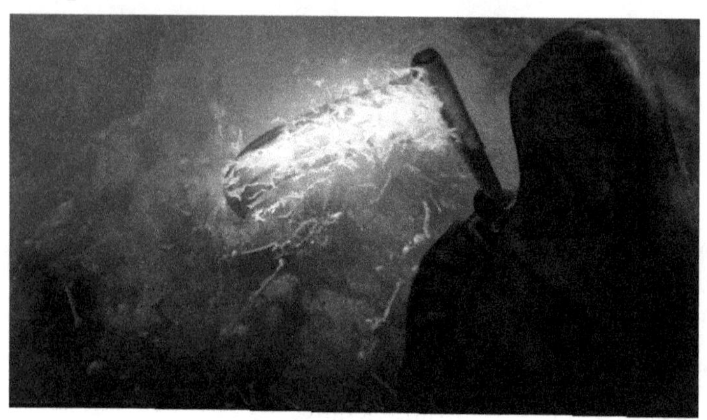

LA MONTAGNA

La passione per la montagna mi и stata instillata dai miei genitori fin dai primi anni della mia giovinezza.

Amo le camminate fra sentieri consumati dal passaggio di appassionati che, come me, si mettono alla prova contro la fatica per le ripide salite, il fiato corto e la meravigliosa conclusione che solo la montagna sa donare coi suoi panorami mozzafiato.

Picchi affilati protesi a sfidare il cielo, laghetti incastonati come gioielli preziosi fra valli innevate e cascate poderose, che col loro fragore assordante, tolgono il respiro a chi si ferma ad ammirarle.

Tutto questo e molto di piщha da offrire la montagna.

Come una vecchia e nobile signora esige rispetto, soprattutto quando vela il suo viso con uno scialle ornato di nuvole o una lunga coperta di candida neve.

Timida, ma disposta a farsi scoprire passo dopo passo, diventa selvaggia e crudele se vuole impedire agli ardimentosi che non la temono, di sfidarla con sufficienza e poi tornare a casa a vantarsene.

Ma la montagna merita rispetto!

Amo la solitudine che maestosa ti entra dentro, ma senza spaventare.

Amo il silenzio interrotto dal vento che sibila fra le fronde dei pini.

Amo la natura che, rigogliosa, si dirada al crescere dell'altitudine.

Amo la pace, la tranquillita, la mancanza di eccessi.

Amo il suono del mio cuore che batte nel petto rallentando e ritrovando il ritmo per scandire i passi che affronteranno la salita.

Amo quei luoghi meravigliosi che mi ricordano l'infanzia, che mi riportano a quegli anni, che mi fanno sentire bambino di fronte ai frastagliati fianchi scoscesi e ripidi che fatico a salire, ora che non sono piщquel bimbo.

Amo la montagna!

IL PIЩVELOCE

Il vento passa attraverso la visiera fischiando rabbiosamente fra i suoi fori.

Le vibrazioni scuotono il casco e rendono incerto il mio sguardo. Appoggio il petto sul serbatoio per sfuggire al muro d'aria che mi schiaccia.

100 Km/h

Il polso destro gira piano, ma non accenna a rallentare il suo cammino.

Dallo scarico fuoriescono le urla furibonde del motore. Premo con forza i piedi sulle pedane stringendo il manubrio fra le mani e sento la sella sfuggire all'abbraccio delle mie gambe.

200 Km/h

La pista si stringe ed i cordoli sono sempre piщ vicini, ma non mi fermo! Sono affamato di velocita, devo andare ancora piщforte, voglio sentirmi piщpotente dominando anche questo ennesimo circuito.

300 Km/h

Rischio la vita, lo so bene, ma non posso rallentare. Devo spingermi oltre il mio limite, oltre il limite degli altri. Scalo una marcia, due, tre e mi appendo ai freni con tutta la forza che possiedo.

200 Km/h

Il mio busto alzato и una vela invalicabile contro il muro di vento.

Una curva, due curve, tre curve, la velocita scende repentinamente.

100 Km/h

Affronto la discesa e poi via verso il lungo rettilineo. Il cambio asseconda la volonta dello stivale e non sbaglia un innesto, devo riprendere subito velocita.

200 Km/h

Finalmente la mia curva, quella col mio pubblico. Finalmente il mio colore che ricopre gli spalti.

100Km/h

Manca poco al traguardo, una sola lunghissima curva.

200Km/h

Sono solo, davanti a tutti e nessuno pur raggiungermi. Mi sollevo in piedi sulle pedane.

Impenno la moto e alzo la mano.

Sono ancora il piцveloce, il piцfolle,
sono il campione!

AURORA

Ho visto la notte avvolgere di nero ogni cosa. Ho visto la luna osservare dall'alto quel velo cupo e privo di colori. Ho visto un debole chiarore farsi spazio fra le tenebre, diventare tanto lucente da distinguere le sagome e rendere nitidi i contorni. Ho visto un bagliore farsi largo fra il buio e ricoprire di luce ampi spazi sconfinati.

E poi ho visto nascere una stella sulla linea dell'orizzonte che ha inondato coi suoi raggi la meta esatta del pianeta.

Ma и la prima volta che osservo un'aurora boreale.

Come un maestoso mantello di luce verdognola riempie la notte coi suoi immensi archi luminosi estendendosi da un estremo all'altro dell'orizzonte sconfinato.

Immobile nel contrasto del vasto cielo scuro, all'improvviso oscilla come un enorme sipario che si chiude, per sparire poi nuovamente all'arrivo del giorno.

PUBBLICITA

In questo tempo frenetico ed illusorio siamo affascinati costantemente da bizzarre invenzioni, prodotti innovativi e nuove tecnologie.

La varieta di proposte che attirano la nostra attenzione и smisurata e spesso difficile da gestire.

Veniamo letteralmente bombardati da informazioni di qualunque genere e costantemente allettati da ogni sorta di aggeggio che ci viene sottoposto.

Imbonitori abilmente addestrati ad ingolosirci con prodotti assolutamente inutili ci tempestano la mente convincendoci della bonta di questo o di quell'altro articolo.

Influenzatori, nutriti di pane e marketing, ci invadono il cervello obnubilando la nostra capacita di scegliere e dominando il nostro potere decisionale.

Spot televisivi, annunci radiofonici, banner pubblicitari, intermezzi sponsorizzati e centinaia di *'marchettari'* si avventano quotidianamente su di noi, prede ignare e consenzienti, di questa nuova popolazione di fragili automi dotati di carta di credito, pronti a sfoderare il codice PIN o sfiorare il POS con lo smartphone per aggiudicarsi l'ennesima cianfrusaglia tanto ambita quanto inutile, che finira in breve tempo in un cassetto o nella vetrina di qualche sito di aste online.

Il consumismo spinto all'estremo incrementa il disagio di chi ha dimenticato il piacere di scegliere.

Decine di prodotti, tutti uguali e tutti sovra prezzati, vengono immessi sul mercato e spacciati per miracolosi, avanzati e modaioli.

Nell'era dell'apparire ci facciamo consigliare come vestirci, come truccarci, come fotografarci e cosa comprarci.

Ci sentiamo fuori posto se possediamo un cellulare non all'avanguardia o se non possiamo permetterci una autovettura super sportiva e super potente.

Sogniamo ville lussuose con piscina in paesi dove splende sempre il sole, organizzando mega feste con ragazze bellissime, tutte modelle, tutte ricchissime e ci affidiamo a manuali che ci insegnano i trucchi per guadagnare milioni in pochi giorni e con poca fatica.

Abbiamo perso di vista le cose semplici e le cose importanti.

Ma il problema piщ grave и che non ce ne possiamo accorgere, perchй nel frattempo и uscito un prodotto super fantastico che dobbiamo affrettarci ad acquistare per postare immediatamente una sua foto sul nostro coloratissimo, meraviglioso e seguitissimo profilo Instagram.

LA NOTTE DELLA RIVALSA

In una notte senza luna, mentre dalle colline scendeva una fitta nebbia, dalle tombe del cimitero sconsacrato uscirono lente le salme di eretiche e blasfeme creature bruciate vive dagli abitanti del piccolo villaggio poco distante.

Mugolando sommessamente e trascinandosi con passi esitanti, i defunti si avvicinarono apatici al paese, in cerca dei responsabili della loro prematura dipartita, con sguardi vuoti e spirito di rivalsa. Il corteo spettrale danzava incerto nella notte, avvolto nella foschia umida ed opaca, con il suo lugubre messaggio di vendetta.

All'ingresso del villaggio la ronda impotente venne sopraffatta in pochi secondi. Incapace di dare l'allarme venne divorata viva dalle creature affamate di morte.

La lenta processione proseguì, sparpagliandosi in tutto il villaggio.

I non morti attaccarono le abitazioni una ad una, riducendo a brandelli tutti gli occupanti ignari, senza scontare i bambini, i vecchi o gli animali. La lugubre rappresaglia divenne ben presto un rituale di morte e sangue, mentre urla strazianti rimbalzarono da ogni direzione.

I villici esanimi vennero radunati nella piazza del villaggio, dove di giorno vi si allestiva il mercato.

Le creature diedero fuoco ad ogni cadavere, per evitare che si risvegliasse e si potesse a sua volta vendicare.

Con un vuoto sguardo di appagamento, la funerea folla osservT il lento consumarsi di quei brandelli umani e animali, mischiati in un'accozzaglia di carni ed ossa sanguinolente. Dal fuoco si levT un fumo denso e maleodorante che raggiunse, poco tempo dopo, i centri abitati nelle vicinanze. Le anime dannate, paghe di vendetta, tornarono diligentemente ad occupare le tombe lasciate vuote in precedenza e la fitta nebbia sparMcedendo il posto ad una luna piena e rassicurante.

La brutale faida fu compiuta ed i villaggi vicini ne parlarono per anni, fino a trasformare quel sanguinario episodio in un monito, in una macabra leggenda tramandata da quei popoli antichi fino ai giorni nostri.

I MOSTRI

I mostri aspettano i bimbi nelle stanze buie, dove si annidano finchй la luce non li manda via.

I mostri popolano all'improvviso i sogni dei bambini, trasformandoli in terribili incubi che tormenteranno loro il sonno.

I mostri spaventano i ragazzini e li fanno saltare sulle poltrone del cinema.

I mostri fanno divertire i ragazzi che raccontano le loro gesta agli amici, dopo averli visti in un film.

I mostri si radunano attorno al fuoco con gli adolescenti, che ridono di loro per fingere di non averne paura.

I mostri spaventano le ragazze nelle strade buie, quando si sentono seguite e affrettano il passo.

I mostri devastano i ragazzi, quando in gruppo li insultano e li riempiono di botte.

I mostri emarginano i diversi, perchй temono tutto ciт che non conoscono.

I mostri si sentono potenti se sono in branco e fingono di valere qualcosa, anche se presi singolarmente sono solo nullita.

I mostri fanno scempio delle donne, quando ne approfittano contro la loro volonta.

I mostri schiacciano gli uomini, quando li umiliano e li sminuiscono facendoli sentire inferiori.

I mostri rapinano i vecchi nelle loro case nel momento in cui sono piщvulnerabili.

I mostri torturano gli animali, perchй sanno che non sono in grado di difendersi.

I mostri distruggono l'ambiente, cercando di trarne il massimo profitto.

I mostri sono persone a cui ci rivolgiamo per una preghiera e che ci accolgono con un abbraccio.

I mostri rubano l'innocenza ai minori e ne devastano l'esistenza ed il futuro.

I mostri ci seguono nell'ombra e non ce ne accorgiamo.

I mostri sono in casa nostra, celati fra le persone che amiamo.

I mostri ci picchiano, anzichй dimostrarci il loro amore e noi li temiamo.

Festeggiamo i mostri ogni anno, assumendone le stravaganti sembianze ed insegniamo ai nostri figli a pretendere dolcetti per non infliggere scherzi.

Leggiamo di loro sui giornali quando capiamo che sono come noi, ma molto più cattivi e crudeli.

Ci preoccupiamo quando cacciano nella nostra citta, uccidendo in serie le persone comuni.

Perdiamo il sonno pensando che potrebbero entrare in una scuola con un fucile.

Li denunciamo se ci danno il tormento e speriamo che qualcuno ci protegga dalla loro rabbia.

Sappiamo che sara la fine, quando ci avranno trovati e non ci lasceranno scappare.

I mostri sono ovunque, ne siamo circondati e molti di loro sono talmente nascosti che non riusciamo o magari non vogliamo vederli.

I mostri non sanno di essere mostri.

I mostri sono fra di noi e noi siamo i mostri o lo siamo stati almeno una volta; ma non ce ne ricordiamo o forse non vogliamo ricordarcene mai più

LA VOCE DI UN'OMBRA

Ho lasciato il mio lavoro, la mia casa e mia moglie quando ho scoperto che mi tradiva.

Trascorro le giornate in questa locanda desolata, seduto al tavolo piщ lontano e solitario e bevendo fino ad ubriacarmi, perchй voglio dimenticare tutto quanto e perchй cerco di non pensare.

Sono venuto qui, in questo paese freddo ed inospitale per ritrovare me stesso, ma non sono veramente solo.

C'и un'ombra vicino a me, la vedo da mesi ormai e non so come mandarla via.

Mi segue dappertutto, mi parla e mi tormenta.

"Uccidili tutti, non sono importanti, vendicati, uccidili tutti, tutti!"

Non ce la faccio piщ Sono scappato, ma lei и sempre con me ovunque io vada.

"Voglio che uccidi qualcuno, ne ho bisogno."

Mi parla, riesco a sentire tutto quello che dice e mi spaventa.

"Ne hai bisogno anche tu lo so, siamo uguali io e te."

Mi perseguita, mi incita a fare del male, ma io non voglio piщ farlo.

Perchй non mi lascia stare?

"Vogliamo il sangue."

Cosa vuole ancora da me?

"Odiamo tutti e vogliamo ucciderli."

Come faccio a farla andare via?

"Avanti, cerca qualcuno da ammazzare."

La gente sembra non esistere in questo paese. Fa freddo e tutti restano chiusi nelle loro misere case. Escono solo per andare al lavoro, poi si rinchiudono nelle loro topaie e spariscono dalla vista.

Io li odio!

Sono fantasmi e non se ne rendono conto.

Li odio!

Torno alla locanda, ho bisogno di bere.

"Li odio tutti e devono morire!"

Quell'ombra maledetta mi segue ancora e mi tormenta, vuole il sangue, ma io non voglio piщ fare quelle cose.

"Devono morire."

Sono spaventato, non so cosa pensare.

"Devono morire tutti!".

Bevo, bevo continuamente, non posso permettermi di restare sobrio.

"Voglio veder scorrere il loro sangue!"

Col cervello annebbiato lei ha meno potere su di me, sulla mia mente. Mentre bevo lei и vicino a me, mi sussurra cose orribili ed io provo ad ignorarla.

"Morti, li voglio tutti morti."

La sua voce mi perfora il cervello, и impossibile non ascoltarla.

Sto impazzendo!

Sono stanco, ubriaco e ho bisogno di riposare. L'ombra entra nei miei sogni, mi impone di fare quelle cose terribili, non riesco a farla smettere! Esco, ho bisogno d'aria.

"Odio tutti!"

Cammino nel buio, fa freddo, maledettamente freddo!

Odio questo posto, lo odio con tutto me stesso!

Vedo qualcuno in fondo alla via. Chi va in giro a quest'ora della notte, in questo postaccio ghiacciato?

"Devi ucciderla, fai presto"

No, non dire niente, basta! Non voglio farlo, non più!

"Seguila presto, corri!"

Aumento il passo, devo raggiungerla, se sarò veloce non si accorgerà nemmeno che la sto seguendo.

È una giovane donna che porta in giro il cane.

"E' una povera pazza!"

Solo una pazza va in giro di notte. Se fosse una persona sana di mente dormirebbe a quest'ora e non avrebbe uno sconosciuto alle spalle.

"Uccidila, falla soffrire, uccidila."

Ma cosa sto facendo?

Perché inseguo questa donna?

"Uccidila, se lo merita, uccidila."

Basta, mi fai scoppiare la testa! Non voglio farlo, vattene dalla mia testa!

“Devi ucciderla, lei ti tradira, ti fara soffrire e poi riderа di te.”

Non la conosco, perchй dovrei ammazzarla?

Dannazione l'ho quasi raggiunta, и vicina.

“Deve morire, merita di morire e morira stanotte!”

Il cane и scappato abbaiando, la donna и a terra senza vita.

И successo di nuovo, non sono riuscito a fermarmi.

Succedera ancora, l'ombra и sempre con me, mi segue ovunque vada e controlla la mia mente.

Non ho nessuna via di scampo.

Non riesco a ragionare quando mi entra nella testa.

Comanda la mia mente come se io fossi un burattino nelle sue mani.

Non voglio piщ fare del male, mai piщ!

“Voglio un'altra vittima da sacrificare.”

La locanda и ancora aperta, non me lo aspettavo, non a quest'ora.

Entro e il barista mi chiede di uscire, il locale non и aperto per i clienti e lui deve lavorare.

Di nuovo l'ombra, ancora la sua voce:

“Uccidilo, иsdo e si merita di morire stanotte.”

Se lo faccio mi lascerai in pace? Se lo uccido prometti che te ne andrai per sempre?

“Uccidilo e me ne andrт.”

Rientro nel locale, il barista и chiaramente scocciato mentre mi parla.

Ma tra poco non parlera mai piщ

Sono libero!

Ho ucciso l'ultima persona.

Mi dispiace, ma adesso и finita. Posso tornare a vivere, ricominciare una nuova vita.

L'ombra non c'и piщ

Quante persone sono morte prima di placare la sua sete di sangue? Mia moglie, il suo amante, oh mio Dio anche sua moglie ed i suoi figli, ma perchи? Non ho la colpa di quello che ho fatto, non potevo rifiutarmi. Lei era nella mia testa, mi comandava ed io non avevo la forza di oppormi, ci ho provato, giuro che ci ho provato!

Sono venuto in questo posto dimenticato da Dio per sfuggire al suo controllo, ma mi ha seguito, mi ha trovato e costretto ad uccidere ancora e ancora!

Ma adesso и finita, non ha piщ potere su di me. Ora sono padrone di me stesso e posso ricominciare a vivere.

"Ho bisogno di sangue"

No! No non и possibile!

Sei tornata?

Perchй sei tornata ancora? Abbiamo fatto un patto, avevamo un accordo. Smettila di parlare, smettila di entrare nella mia testa!

Il ponte, devo raggiungere il ponte.

Mi lancerт nel vuoto e non riuscirai a fermarmi non questa volta!

Ci sono, sono pronto a buttarmi di sotto.

Non uccideт piщ nessuno, non lo farт mai piщ

... disse precipitando nel fiume in secca.

MUSICA JAZZ

Il brusio del locale, poi le note affascinanti di un saxofono irrompono nel silenzio della sala fumosa e buia.

Dapprima il contrabbasso, poi l'incedere della batteria accompagnano il pianoforte mentre una voce roca inizia a cantare.

Il suono caldo asseconda il ritmo della chitarra, una melodia morbida di suoni provenienti dal passato miscelati ed adattati con nuove sfumature e sonorita intense, peccaminose e sensuali.

Gli ottoni prendono il sopravvento e la musica si infiamma in un turbinio di sensazioni ed emozioni da brivido.

La platea, nella sala, и ipnotizzata dal ritmo crescente, mentre inaspettatamente la melodia cambia lasciando spazio all'improvvisazione pura, al sentimento, all'amore per questa musica eclettica intrisa di antiche sofferenze e desiderio di rivalsa.

И il momento dell'assolo, della massima espressione di questo sound cosмpotente e coinvolgente. Il solista si palesa al pubblico con virtuosismi musicali esasperati ed ammalianti e la band segue il ritmo ipnotico imposto dall'artista.

L'atmosfera и satura di energia e l'armonia muove i corpi di chi suona e li sincronizza con quelli di chi ascolta e balla.

Nel sangue c'и l'essenza stessa di questa melodia, della cultura che l'ha creata, delle mille contaminazioni che l'hanno forgiata e trasformata in pura elettricita.

La band trasmette il messaggio ritmico e la platea danza con la mente e con il corpo.

Musica di classe,

musica operaia,

musica che unisce,

musica per unire;

musica Jazz.

MAYA E LA TARTARUGA

Maya и una ragazzina dodicenne che viveva con i nonni materni in una modesta casetta su di una isola nell'oceano Pacifico.

Cresciuta guardando una piccola isoletta poco lontana, proprio di fronte alla spiaggia, sognava di costruirci la sua casa non appena avesse avuto l'occasione di raggiungerla.

Come ogni giorno i nonni erano partiti, la mattina presto, per pescare al largo e Maya aveva deciso che era arrivato il momento di tentare di arrivare alla sua tanto desiderata isoletta. Presa la piccola barca che le aveva costruito il nonno Maya, salita a bordo, remт per allontanarsi dalla riva. La corrente era forte e la spingeva indietro verso la spiaggia e la ragazzina dovette mettercela tutta per riuscire a superarla e alla fine, stremata, si prese un po' di tempo per riposare. Le onde dell'oceano coccolavano la piccola imbarcazione e la giovane stanchissima si addormentт. Venne svegliata quando la barca si incaglт sulla spiaggia e Maya fu sbalzata fuori bordo. Atterrata sulla sabbia bianca, dapprima pensт di essere tornata a riva poi, guardandosi intorno e non riconoscendo nulla di quello che vedeva, capмdi essere arrivata finalmente alla sua meravigliosa isoletta. Iniziт immediatamente l'esplorazione cercando un buon posto dove costruire la sua capanna. Maya sognava di abitare su quell'isola e aveva fantasticato molte volte su tutto quello che avrebbe fatto una volta arrivata. Ora era finalmente il momento di realizzare i suoi sogni. Di fronte alla spiaggia c'era una foresta di palme e vegetazione simile a quella che c'era sull'isola dei nonni. Maya si fece largo tra il fogliame e trovт un ruscello di acqua fresca proveniente dal grande vulcano che si trovava al centro dell'isola e potй cosмdissetarsi. Continuando l'esplorazione la ragazzina si addentrт nella selva e trovт moltissimi luoghi dove costruire la sua capanna. Il nonno le aveva insegnato molti dei suoi trucchi per trovare il posto perfetto per una casa e Maya ne aveva fatto tesoro. Mangiт delle bacche e riuscмa rompere una noce di cocco applicando il metodo speciale che le aveva insegnato la nonna. Proseguendo nell'esplorazione, Maya trovт un lago di acqua trasparente e verde come le foglie degli alberi. Sulla sponda opposta vide per un attimo un animale che stava bevendo e che, sentendola arrivare, si era nascosto fra la vegetazione. Quell'isola era stupenda, pensт Maya, tanto che non vedeva l'ora di tornare dai nonni per raccontare tutto quello che aveva scoperto. Una volta arrivata alla spiaggia perт la ragazzina ebbe una brutta sorpresa:

la sua barca era sparita, probabilmente trascinata al largo dalla corrente. Maya non poteva tornare a casa, la sola speranza era aspettare il ritorno dei nonni dalla pesca che, non vedendo nй lei nй la sua barca, sarebbero venuti a cercarla per portarla a casa. Maya continuт la sua esplorazione nella foresta dell'isola, rimanendo nelle vicinanze della spiaggia per sentire l'arrivo dei nonni. Vide uccelli meravigliosi con piumaggi coloratissimi, bizzarre lucertole multicolori e rane enormi che gracchiavano disturbando il silenzio di quel paradiso stupendo. Fece un bagno nel lago trasparente e poi, al suo ritorno, segnт con una pila di sassi il luogo che aveva scelto per costruire la sua capanna e per trasferirsi, un giorno, su quella meravigliosa isola. Tornata sulla spiaggia, in attesa dell'arrivo dei nonni, Maya si addormentт. Quando aprмgli occhi era gia il tramonto e dei nonni non v'era traccia. La ragazzina si intristмe quasi le venne da piangere, ma vide delle orme sulla sabbia bianca che la incuriosirono, distraendola dalla sua tristezza. I segni appartenevano ad una tartaruga marina che aveva lasciato l'oceano per deporre le uova in quella spiaggia solitaria e sicura. Maya vide l'animale che scavava una buca dove avrebbe lasciato le sue uova a schiudersi e, avvicinandosi a lei, si accorse della difficolta dell'animale a scavare con le sue zampe posteriori, nate per nuotare, ma inadatte a quello scopo.

Si mise cosMad aiutarla a creare la buca.

Venne la notte ed il buio, Maya restT vicino alla tartaruga fino a quando fu necessario ricoprire il nido. Insieme lo colmarono di sabbia e lentamente la tartaruga si voltT per raggiungere la riva dell'oceano. Arrivata in prossimita dell'acqua l'animale si fermT a guardare la ragazzina che si inginocchiT abbracciandole il lungo collo. Maya chiese alla tartaruga un passaggio fino alla sua isola e dal suo sguardo capMche l'avrebbe accontentata per sdebitarsi.

SalMquindi sul carapace ed insieme all'animale affrontarono le onde placide dell'oceano mentre la luna illuminava la rotta per l'isola dei nonni. Fu un viaggio lento e rilassante e a notte fonda le due strane amiche raggiunsero la riva dell'isola di Maya.

Mentre la tartaruga riguadagnava l'oceano, apparve la barca coi nonni che avevano cercato preoccupati la nipotina sulla piccola isola di fronte.

L'indomani Maya e i nonni salparono alla volta dell'isoletta, la ragazzina era impaziente di mostrare tutte le scoperte che aveva fatto il giorno precedente e soprattutto la tana della tartaruga ed il luogo che aveva scelto per fare la sua capanna.

Ormeggiata la barca Maya non riuscмad orientarsi.

Quel luogo sembrava diverso:

non c'era la rigogliosa foresta, non c'era nemmeno il maestoso vulcano al centro dell'isola.

Maya non trovт il ruscello, il nido della tartaruga e tanto meno il lago trasparente. Sull'isola sembrava non ci fossero animali, insomma pareva un posto completamente diverso da quello esplorato ieri.

Il nonno spiegт a Maya che vivevano in un arcipelago e che quindi c'erano tantissime isole oltre a queste due cosмvicine. Probabilmente la sua barca era stata trascinata dalla corrente in un'isola piщ lontana mentre lei si era addormentata ma, senza una rotta, sarebbe stato praticamente impossibile ritrovarla.

Sono passati alcuni anni e Maya ha raggiunto la maggiore eta. Il nonno ha costruito per lei una bellissima barca con la quale la ragazza и partita alla ricerca di quell'isola che le и rimasta nel cuore da ragazzina. Il destino le ha concesso di trovarla quasi subito, perchй evidentemente era quello il posto in cui doveva continuare la sua vita. Maya ha costruito la sua capanna nel luogo che aveva identificato anni prima, ha imparato a cacciare e vive da cinque anni ormai sulla sua isola.

Ogni settimana va a trovare i nonni e porta loro la frutta che raccoglie dagli alberi vicino alla sua capanna.

Ogni anno la sua amica tartaruga, e tante altre come lei, raggiungono l'isola per deporre le uova. La ragazza le aiuta con amorevole impegno, proprio come fece la prima volta, diversi anni prima, e poi assiste nei mesi successivi alla nascita dei piccoli, che osserva avventurarsi per la prima volta in oceano dopo la schiusa. L'isola и diventata una meta sicura per decine di tartarughe che l'hanno scelta per deporvi le uova e Maya, che ora и una donna adulta, continua instancabile ancora oggi ad aiutare questi bellissimi animali.

La sua и conosciuta come l'isola delle tartarughe o anche piщ semplicemente chiamata in suo onore:

l'isola di Maya.

CI VEDIAMO IN AUTUNNO

Il cielo и ancora cupo e buio. И mattina presto, l'ora in cui c'и ancora poca gente in giro.

Sono venuto a passeggiare in questo lunghissimo viale alberato. I primi raggi di sole illuminano le foglie ingiallite dalla stagione autunnale. Dai rami piщalti fino a scendere in strada, colorano di mille sfumature di giallo l'ambiente circostante ed incorniciano il mio avanzare incerto. Rese scivolose dall'umidita della mattina, scricchiolano sotto i miei passi mentre le calpesto ed accompagnano la mia passeggiata fra i fusti di corteccia scura degli alberi ai quali appartenevano fino a pochi minuti fa.

Cammino piano e mi faccio avvolgere da suoni, colori e profumi che mi circondano. Gli uccellini piщmattinieri iniziano a cinguettare muovendo i rami dai quali si staccano altre foglie che danzano di fronte a me prima di cadere a terra. La fragranza del pane caldo e croccante appena sfornato inonda il viale e mi mette di buon umore, la strada di fronte a me и dritta e, in lontananza, si unisce in un punto distante, che inizia ad avere un aspetto famigliare.

Vedo finalmente la tua sagoma prendere forma davanti a me ed un velo di commozione mi inumidisce gli occhi. Affretto il passo per quanto riesco, ma ho timore di scivolare e cammino facendo attenzione, ma senza distogliere lo sguardo dalla tua figura lontana. I fusti scuri degli alberi suddividono la distanza che ci separa e, mentre mi avvicino a te, li vedo diradarsi, quasi dissolversi.

Ora siamo abbastanza vicini e riesco a distinguere i particolari. La tua sciarpa viola, grande come uno scialle, nella quale il tuo viso affonda nel tepore delle sue trame. I tuoi occhi brillano attraverso il vapore del tuo respiro e sorridono felici, perchй stanno guardando i miei. Il cappotto nero ti avvolge e ti riscalda mentre affretti il passo per corrermi incontro.

Finalmente sei qui, ti aspetto da sempre e ti aspetterт per sempre. Troverт il modo di venire qui per incontrarti ogni volta che le foglie ingialliranno e l'autunno scavalchera l'estate per farti tornare da me. Ogni volta che percorrerт questo viale alberato i fusti mi indicheranno la direzione per raggiungerti. Camminerт con passo incerto ma deciso, per abbracciarti ancora una volta, Amore mio, prima che tu debba tornare a dormire fino al prossimo autunno, nel giorno in cui mi hai lasciato per sempre, nel giorno in cui la tua vita и stata spezzata e sei stata portata via da me.

Vivo per questo giorno in cui il destino mi ha permesso di incontrarti, la prima volta per caso, ci ha fatto conoscere e ci ha fatto innamorare. Siamo tornati qui a vedere le foglie ingiallite in questo viale, in ogni autunno della nostra vita insieme.

Ed ora, spinto dalla voglia infinita di riabbracciarti e rivederti, so che venendo qui posso incontrarti di nuovo, come la prima volta, come se il tempo non fosse passato, prima che tutto debba succedere. Ti guardo e vedo nei tuoi occhi l'amore infinito che provi per me. Ti sorrido e piango di gioia e di dolore, perchй so che appena le mie braccia ti circonderanno tu svanirai ed io sarт nuovamente solo. Vivrт fino al prossimo autunno, per giungere a questo giorno speciale che ci ha uniti in principio e ci unisce ogni anno, nell'anniversario della tua morte.

Ci vediamo qui il prossimo autunno.

Aspettami Amore mio, io ci sarт.

IL VENTO

Il vento и una creatura antica. Soffia da migliaia di anni fra i picchi innevati delle montagne piщ alte. Risuona fra i rami degli alberi incalzando le foglie e si spinge lontano, fino a lambire le coste battute dalle onde impetuose degli oceani.

Il vento и il respiro del mondo che porta ossigeno al nostro pianeta. Sua и la mano che mischia le nuvole, che trasforma il cielo terso in tempesta. La sua brezza generosa spinge le vele delle barche, gonfia le tele delle banderuole e fa girare le pale dei mulini. Risorsa infinita, viene addomesticato dall'uomo per creare energia e cavalcato con l'uso di grandi ali progettate per sfruttare le sue correnti ascensionali. Un alito di vento sfiora romanticamente i capelli degli innamorati, mentre un soffio deciso sposta le persiane che si socchiudono creando una penombra d'intimita. Il vento и un flusso senza forma o massa e si sposta in ogni direzione, sibilando come un aspide fra le vie di una citta. Veloce come un proiettile scoperchia abitazioni. Crudele ed impietoso sospinge tempeste e cicloni. In passato, con clemenza, ha ostacolato battaglie ed evitato molteplici guerre.

Dio incontrastato del cielo, popola le credenze dell'uomo fin dai tempi antichi. Il vento ha molti nomi e vari Dei che lo comandano. Si divide e si spartisce il pianeta adempiendo al suo destino senza incertezze o ripensamenti. Flagella, ristora, congela o distrugge, questi sono i compiti a lui assegnati. Dal piщdebole e placido al piщferoce e distruttivo il vento percorre instancabile questo mondo.

Esso ci sospinge verso luoghi lontani dove scopriremo il nostro destino e compiremo ciт per cui siamo nati.

Il vento ci sara finchй esistera il mondo e quando il pianeta smettera di respirare, il vento cessera di soffiare e noi spariremo per sempre.

LEI

Nel silenzio della cameretta mi dirigo alla culla rosa. Dalla finestra le prime luci del giorno l'hanno svegliata. Si muove piano e farfuglia qualcosa di incomprensibile. Mi avvicino al suo viso, guardo i suoi occhi spalancati e mi rifletto nella luce che emettono. Abbozza un sorriso ed io letteralmente mi sciolgo. Mi osserva intensamente, incuriosita da tutto ciт che faccio. Sfioro la punta del suo naso con la mia ed il suo sorriso sboccia in un tenero vagito. Tocco la sua guancia con un dito ed una manina insicura mi afferra. Scoppia a ridere soddisfatta. I suoi occhi brillanti sorridono, accompagnando la sua risata contagiosa. Dalle copertine rosa si sprigiona il profumo inconfondibile dei neonati, un misto di talco e polvere di stelle. Schiocco un bacio sulla sua fronte mentre creo suoni giocosi con la bocca, perchй mi piace farla ridere.

La sua allegria и la pace dell'anima, la cura di ogni negativita.

Mi guarda con attenzione, rapita da ogni mio gesto e divertita dalle mie smorfie. Ride felice ed io sono perdutamente innamorato di questa creatura fatta di semplicita e dolcezza.

Vorrei passare le prossime ore con lei, guardarla muoversi e scrutare ogni cosa con la curiosita di chi non ha ancora visto nulla. Vorrei mostrarle tutto quello che la circonda, vorrei abbracciarla, stringerla e riempirla di baci e carezze, ma devo andare al lavoro.

La giornata passera in fretta, perchй voglio tornare da lei al piщpresto.

La ritroverт ad aspettarmi, in braccio alla mamma, con gli occhioni spalancati e pronta a sorridere quando mi vedra rientrare.

Aspetto soltanto che arrivi quel momento; nel preciso istante in cui l'avrт fra le mie braccia percepirт il tempo fermarsi, come succede quando guardo i suoi occhi sorridermi felici, quando sento i suoi vagiti di gioia, ogni volta che sono con lei.

I FUOCHI D'ARTIFICIO

Ero solo un bambino, ma ricordo molto bene quanto mi piaceva il gioco che facevamo tutti insieme io e la mia famiglia.

Le regole mi sono sempre sembrate strane, lo ammetto, ma il fatto che il gioco cominciasse casualmente, e non si decidesse quando iniziare, era una componente che rendeva le partite ancora piщ divertenti. Rammento che passavo il tempo ad aspettare il segnale che decretava l'inizio della partita e a volte l'ansia mi soffocava. La mia famiglia sembrava non prepararsi all'evento e tutti trascorrevano le giornate facendo le solite cose.

I nonni lavoravano in un'immensa fabbrica dove si producevano mattoni e stavano fuori casa tutto il giorno, anche perchй dovevano partire molto presto alla mattina per raggiungere il posto di lavoro a piedi. La strada era molto lunga e quando pioveva, o peggio nevicava, il tragitto era un vero incubo per loro. Mio padre lavorava in una fabbrica tessile, era un magazziniere e anche lui, parecchie volte, non riusciva a partecipare al gioco, perchй iniziava mentre era di turno. La mamma lavorava nei campi, diceva spesso che era un lavoro duro e quando tornava a casa era sempre stanchissima e soffriva di mal di schiena, lo ricordo perchй se ne lamentava sempre.

Noi bambini, dopo la scuola, giocavamo a pallone tutto il tempo. Io ero il piщpiccolo e anche il piщattento al segnale che avrebbe sancito l'inizio della nuova partita. I ricordi piщbelli appartengono a quelle gare che siamo riusciti a disputare tutti insieme, in quelle rare occasioni nelle quali il segnale suonava quando tutta la mia famiglia era a casa e poteva partecipare alla partita con noi bambini.

Che ricordi bellissimi!

La sirena iniziava a suonare all'improvviso e tutti si cimentavano in una corsa forsennata. I nonni battevano le mani per incitarci a fare piщin fretta che potevamo, mio cugino, che era piщgrande di me, riusciva a superarmi e mamma e papa si fermavano prima di scendere in cantina per farci vincere, visto che eravamo bambini.

Quando raggiungevamo il traguardo, ed entravamo nella stanza della vittoria, arrivava il momento migliore della partita:

la premiazione del vincitore.

Noi ragazzini eravamo felicissimi e quando vincevamo sfottevamo gli amici per sentirci grandi. Radunati nella stanza ci abbracciavamo tutti, la mamma e il papa mi dicevano che ero stato bravo e velocissimo anche quando non arrivavo primo e i nonni mi stringevano forte dicendomi di fare silenzio, perchй era il momento di festeggiare il vincitore con i fuochi d'artificio. Era meraviglioso ascoltare i botti sopra le nostre teste. A volte alcuni scoppiavano talmente forte e vicini che, dal soffitto della cantina, scendevano polvere e terra. I nostri cani latravano impauriti dai colpi, poichй non potevano capire che i botti venivano sparati per onorare il vincitore di quella partita.

Ricordo la felicita di quei momenti spensierati, quando ero un bambino e tutto era un gioco per me. A quei tempi non potevo immaginare che l'aviazione tedesca solcava il cielo per bombardare le installazioni militari nei dintorni della nostra cittadina e di tante altre in quella zona. Non capivo che il segnale era in realta la sirena che ci avvisava dell'arrivo imminente dell'attacco nemico e nemmeno che la cantina fosse il nostro rifugio e non la stanza della vittoria.

Quelli che credevo fossero fuochi d'artificio provocavano morte e distruzione, mentre noi bambini gioivamo delle nostre imprese.

Ringrazio i miei genitori e i miei nonni che si sono inventati quel bellissimo gioco per allontanare i nostri pensieri da quello che stava capitando intorno a noi e nel mondo in quegli anni terribili.

Abbiamo capito tutti, in seguito, la dura realta, ma questa и un'altra storia.

MARTINA

Frequentavo la terza media ed ero quello che oggi si definirebbe un nerd. Non riscuotevo un grosso successo fra le mie compagne anzi, direi che non mi consideravano proprio e mi ritrovavo spesso ad invidiare i miei compagni piщsvegli e fighi di me.

A meta dell'anno scolastico и arrivata lei:

Martina era orfana di entrambi i genitori ed era stata inserita nella nostra classe per terminare le scuole medie, e poi iscriversi alle superiori. Schiva e di poche parole, non dava confidenza a nessuno e nessuno era riuscito a farla smuovere dalla sua solitudine. Fu lei perт, un paio di mesi dopo, a parlare con me, e la cosa mi stupмnon poco. Probabilmente aveva percepito alcune somiglianze caratteriali, o si sentiva emarginata e diversa proprio come mi sentivo io, e questo l'aveva spinta ad un primo approccio. Fatico a ricordare eventi avvenuti poco tempo fa, ma rammento benissimo quel periodo. Nel corso degli ultimi mesi di scuola io e Martina siamo diventati amici, parlavamo moltissimo e stavamo bene insieme.

Confesso che mi piaceva molto!

Mi ero fatto mille castelli in aria pensando a lei. Era la prima ragazza che voleva avere a che fare con me e nel mio cuore si erano palesati sentimenti che andavano ben oltre la semplice amicizia platonica.

Pensavo sempre a Martina, volevo passare tutto il tempo in sua compagnia e a volte mi incantavo a fissare le sue labbra mentre mi parlava. Ero terrorizzato che potesse vedermi arrossire, soprattutto quando mi sentivo il viso prendere fuoco mentre la guardavo.

Ricordo che il suo desiderio piųgrande era di fuggire dalla nostra piccola cittadina. Era convinta che cambiando ambiente le sarebbe stato piųfacile dimenticare tutte le disgrazie che aveva dovuto affrontare in passato e avrebbe trovato la forza di ricominciare una nuova vita, cosa che la spaventava, ma che sapeva essere, per lei, la soluzione migliore. Fantasticava spesso di scappare in Messico, trovarsi un lavoro, abitare vicino all'oceano e addormentarsi al suono delle onde e dei gabbiani.

Quando mi raccontava di come immaginava il suo futuro io restavo ad ascoltarla, ammaliato dalle sue parole e sperando che, un giorno, avrebbe incluso anche me nella sua immaginaria, futura vita perfetta.

Alla fine delle medie io e Martina ci siamo persi di vista.

Dopo un'estate trascorsa a sospirare pensando a lei, ho iniziato le scuole superiori con la sorpresa piщbella ed inaspettata della mia vita:

io e Martina avevamo scelto di seguire lo stesso programma di studio ed eravamo nuovamente in classe insieme.

Ero al settimo cielo e Martina sembrava essere altrettanto contenta di rivedermi. Erano passati solo un paio di mesi, ma lei mi sembrava piщ bella. Passavo le ore in aula a sbirciare nella sua direzione. I miei occhi erano attratti da lei come se fossero stati magnetizzati. Io e Martina eravamo inseparabili e ormai i nostri compagni ci consideravano una coppia, anche se in verita non era proprio cosм Passavamo molto tempo insieme dopo la scuola ed io mi sentivo perso quando ci separavamo a fine giornata. Ricordo molto bene il peso sul cuore, la sofferenza causata dai miei sentimenti repressi e la sensazione di mancanza che provavo quando non eravamo insieme. Speravo, in cuor mio, che anche per lei fosse lo stesso, ma non osavo chiederglielo, perchй avevo paura che la sua risposta non fosse quella che desideravo ascoltare.

Durante il periodo estivo, prima di ricominciare la scuola, Martina aveva trascorso le vacanze con gli zii che, nel frattempo, si erano trasferiti in citta per agevolare la nipote nel suo percorso scolastico.

Studiavamo spesso nella sua cameretta, con la porta sempre rigorosamente aperta e la zia che irrompeva in modo casuale quando non ci sentiva parlare o studiare. Confesso che и stato un periodo meraviglioso e indimenticabile della mia vita. L'anno scolastico procedeva ed io andavo spesso a studiare da Martina. I pomeriggi con lei erano divertenti e bellissimi, ma a volte, tornando a casa, mi sembrava di essermi perso qualcosa della giornata, non saprei come spiegarlo, era come se mi fossi addormentato e, per alcuni minuti, a volte anche piщ di un'ora, non avessi memoria degli eventi. I sospetti si fecero piщ pressanti quando mi accorsi di avere dei segni nei piedi, esattamente fra le dita. Sembravano fori di ago, come se mi fossi bucato con una siringa e ne ho contati almeno tre. Ero decisamente preoccupato ma non volevo parlarne con i miei genitori, perchй temevo che mi avrebbero impedito di frequentare Martina. Decisi quindi di parlarne con lei, ma non a casa dei suoi zii, quindi la invitai a studiare al parco. Era una bellissima giornata di sole e mia madre aveva preparato una piccola borsa frigo con dei panini e bibite fresche. Mentre studiavamo, sdraiati nel prato, iniziai a parlare a Martina delle mie scoperte chiedendole se avesse anche lei dei segni uguali ai miei fra le dita dei piedi. Negт, stupita della mia domanda, mi mostrт che non aveva nulla di simile ed iniziт a mettermi i piedi in faccia, scherzando. Cominciammo a lottare rotolandoci sul prato e ridendo, affaccendandoci come bambini che si azzuffano. Mi ritrovai steso sulla schiena, con Martina inginocchiata sopra di me che, fattasi seria, mi guardava dritto negli occhi. Si avvicinт al mio viso senza dire una parola e sfiorт le mie labbra con le sue. Ci baciammo a lungo, inesperti ed emozionati. In silenzio come aveva iniziato, Martina si alzт di scatto e mi prese per mano facendomi alzare. Correndo mi portт vicino al laghetto nel centro del parco, si sedette sulla panchina vuota e mi invitт vicino a lei. Ci baciammo ancora, abbracciati come giovanissimi innamorati. Il cuore mi scoppiava nel petto e nelle narici sentivo il suo profumo dolcissimo.

Martina si alzт in fretta e corse a raccogliere la sua roba, poi scappт via. Restai lмimbambolato a guardarla allontanarsi dal parco e mi ci volle un po' di tempo per riprendermi, realizzare che ero rimasto da solo e che sarebbe stato meglio avviarmi anche io verso casa.

Nei giorni che seguirono io e Martina ci incontrammo tutti i pomeriggi nel parco. A differenza dei nostri incontri a base di studio nella sua cameretta, passavamo il tempo a baciarci e coccolarci, cercando di riempire il bisogno di affetto che soffocava entrambi i nostri cuori solitari.

Fu senza alcun dubbio il periodo piщfelice della mia breve vita.

La pioggia interruppe i nostri incontri, almeno quelli al parco, che si spostarono nuovamente nella sua cameretta.

Mentre ripenso a quei momenti bellissimi non riesco a credere a quello che successe qualche giorno dopo. La zia di Martina era vigile e attenta, non ci perdeva d'occhio un attimo e la nostra voglia di baci restт un desiderio non appagato per diversi giorni. Ricominciarono i periodi di blackout che avevo percepito tempo prima. Ore intere senza un ricordo, senza spiegazioni da parte di Martina che diceva che tutto si era svolto normalmente e non capiva di cosa parlassi. Questa volta non avevo segni fra le dita dei piedi, ma trovai delle macchie, come lividi, nella zona fra l'ascella e l'anca. Segni che il mattino dopo erano spariti, ma che creavano in me una certa preoccupazione. Ero certo che si trattasse della zia che, per qualche forma di gelosia o pazzia, mi faceva del male a causa della mia amicizia con la nipote.

Decisi di stare alla larga da quella casa per un po' e parlai con Martina dei miei pensieri su sua zia. Non riuscimmo a venire a capo di nulla. Alla fine litigammo e lei se ne andт arrabbiatissima.

A scuola mi evitт e ogni mio tentativo di riappacificarmi con lei fu vano.

Una sera dopo cena, mia madre entrт in camera mia per informarmi che aveva telefonato proprio la zia di Martina. Voleva che andassi a far pace con la nipote, perchй era disperata e non smetteva di piangere. Mia madre mi permise di recarmi da loro a patto di non fare tardi. Arrivai a casa di Martina che erano ormai le 22:00 e fu l'inizio della mia disavventura.

Mi aprмla porta la zia che mi accolse con un sorriso ed una tazza di tи caldo.

Vidi Martina sulle scale che portavano alla sua cameretta, notando le lacrime scendere sul suo viso e poi tutto iniziт a girare e persi i sensi.

Tutto quello che successe fino al mio risveglio non lo rammento.

I ricordi iniziarono quando si riaprirono i miei occhi.

Mi ritrovai sdraiato, intontito e completamente senza forze. Il soffitto era di colore scuro, forse grigio e male illuminato. La lampada da cui proveniva la luce era fissata alla volta e ricordava le applique da cantina, quelle con la griglia in plastica bianca. Mi soffermai a guardarne i particolari perchй la cosa mi aiutava a ritrovare lucidita. Mi trovavo in un luogo sporco e coperto da ragnatele e dalla lampadina si propagava una scarsissima luce giallastra che faticava ad illuminare la stanza. Cercai istintivamente di portare le mani al volto per stropicciarmi gli occhi ed in quel momento mi resi conto di essere legato ed immobilizzato. Il cuore iniziт a battere all'impazzata e mi lasciai prendere dal panico. Un forte dolore alla gola mi fece scoprire che un grosso tubo era inserito nella mia bocca andando a finire chissa dove dentro il mio corpo. Alzai la testa per quel poco che potessi muovere il collo e mi guardai intorno tentando di gridare e chiedere aiuto.

Ero completamente nudo: il torace, le braccia, i polsi, le cosce e le caviglie erano state legate rendendomi immobile. Appoggiai la testa ed iniziт a soffocarmi la disperazione che pervade chi si sente in trappola ed и in pericolo.

Un ronzio fastidioso arrivava da dietro la mia testa e udivo suoni e ticchettii simili ai macchinari ospedalieri delle sale di rianimazione che avevo visto nei film.

Respiravo a fatica a causa del battito accelerato e del tubo in gola. Tesi le braccia e le gambe nel tentativo vano e disperato di liberarmi da quelle dannate corde, ma fu inutile! Esausto, mi fermai tentando di pensare ad una qualsiasi soluzione alla situazione assurda nella quale mi trovavo. Iniziai ad ascoltare tutto quello che i miei sensi riuscivano a percepire. La prima cosa che arrivт, dritta come una lama al mio cervello, fu il dolore! La gola mi bruciava a causa dei movimenti bruschi che avevo fatto per tentare di liberarmi. Altro dolore si sommт a quello precedente. I fianchi mi facevano malissimo! Sentivo come dei coltelli piantati ai lati del busto e così alzai piano la testa per dare un'occhiata. Erano tubi simili a quello che avevo nella gola ed entravano nella mia carne. Vedevo male a causa della posizione e della luce fioca, ma ero certo che fossero stati cuciti alla mia pelle. Abbassai nuovamente la testa e fui preda di uno sconforto brutale. Piangevo e singhiozzando sentivo il dolore lancinante provenire dal mio esofago in fiamme. Restai sdraiato e fermo per diverso tempo a disperarmi, prima di analizzare di nuovo la mia situazione. Nelle vene delle mie braccia c'erano cannule e piccoli tubicini di vari colori che si diramavano lungo il mio petto, raggiungendo probabilmente il macchinario che ronzava alle mie spalle. In un braccio avevo un apparecchio per il controllo della pressione arteriosa che ad intervalli regolari si gonfiava, rilevando i miei dati. Sul petto intravidi una decina di ventose e cavi che si mescolavano ai tubicini e prelevavano chissa quali informazioni dal mio corpo inerme ed immobilizzato. Sembravo ricoverato in terapia intensiva, ma non mi trovavo in un ospedale, bensì in un'autorimessa o forse in una cantina. Cercai di calmarmi nonostante sentissi le lacrime fuoriuscire dai miei occhi. Il terrore che provavo non mi lasciava pensare ed ero talmente giovane e debole che controllare le mie paure non era affatto facile. Cercai di pensare a cose belle e mi venne in mente Martina. L'ultima persona che ricordo di avere visto и proprio lei.

Piangeva! Forse sapeva cosa stava per succedermi e si era opposta. Non era servito ovviamente, ma avevo la speranza che mi avrebbe potuto aiutare in futuro. I miei genitori! Mamma e papa, non vedendomi tornare a casa, non ci avrebbero messo molto ad allarmarsi ed iniziare le ricerche. Si, dovevo stare calmo ed aspettare. Qualcuno sarebbe sicuramente venuto a cercarmi e a salvarmi da questo incubo terribile. In quei primi minuti di prigionia e dolore ho pensato molto a Martina. Mi chiedevo se sarebbe venuta a cercarmi, se sapesse cosa mi avevano fatto e se stesse soffrendo per me.

Sono passate settimane, forse piщdi un mese, non lo so. Non ho riferimenti in questo buco buio. La luce naturale non entra, perchй non ci sono finestre o spiragli e la debole lampada che illumina la stanza non mi permette di capire quanto tempo sia passato dal mio rapimento ed io sono prigioniero su questa barella. Mi rendo conto che perdo i sensi almeno un paio di volte al giorno. Credo che qualcuno venga a rilevare i dati raccolti dalla macchina alle mie spalle o forse a somministrarmi sostanze nutritive, perchй non mangio qualcosa di solido da quando mi hanno portato qui e non sono ancora morto, anche se mi sento debolissimo e magro. Il catetere, il tubo in gola e tutte le altre protesi innestate nel mio corpo bruciano come l'inferno e anche la mia schiena, i gomiti, i talloni e il sedere fanno malissimo.

Quanto potra resistere il mio corpo martoriato a tutto questo?

Sono disperato!

La cosa che non mi spiego и perchй nessuno sia venuto a cercarmi. I miei genitori si saranno rivolti alla polizia, come fanno a non trovarmi? Martina mi manca da morire, vorrei vederla, sentirla parlare. Vorrei che mi spiegasse che cosa mi stanno facendo, sempre che lo sappia; sempre se и ancora viva. Tanti pensieri, mille domande e la lentezza del tempo che passa scandito dai suoni dei macchinari.

Sono esausto, sono solo e mi sento perso.

Improvvisamente sento un rumore alle mie spalle, come di una porta che si spalanca. Non ricordo di averla mai sentita aprirsi. Solitamente mi addormentano e quando mi sveglio non c'и mai nessuno nella stanza con me.

Sento una presenza, avverto i passi leggeri dietro di me. Vorrei chiedere chi и, girarmi a guardare, ma non posso.

La fioca luce svela il viso di Martina.

Finalmente и venuta da me!

Guardo i suoi occhi che non ricordavo fossero cosмgrandi ed espressivi.

Si avvicina e vedo le lacrime scendere sulle sue guance. Uno sguardo triste il suo, che distoglie dal mio solo per cercare la mia mano e sfiorarla con la sua.

Vorrei parlare, chiederle come sta e cosa mi vogliono fare, ma non riesco a fare nulla di piщche piangere. Piango come un bambino, piango disperatamente di fronte a Martina e i singhiozzi quasi mi strozzano.

La sua mano, che ora mi accarezza i capelli, mi calma e mi tranquillizza.

“Ciao Luca, mi sei mancato un sacco”

Quella voce … la tua voce …

mi sei mancata anche tu Martina, non immagini quanto!

"Non trovavo il coraggio di venire a parlarti, a spiegarti tutto questo."

Mi dice Martina singhiozzando.

"Hai paura, lo so e ti meriti una spiegazione. Perdonami se ci ho messo tanto a venire qui da te, ti chiedo scusa Luca. Sei sempre stato gentile con me, mi sei stato vicino e mi hai regalato la tua amicizia e, credimi, ho passato dei momenti bellissimi in tua compagnia."

Ascolto le parole di Martina facendo attenzione a non perdermi nulla di lei. Osservo il suo viso, le espressioni che assumono i suoi occhi scuri e profondi.

Sento il calore della sua mano che stringe forte la mia e assaporo la sua presenza che riesce, da sola, a tranquillizzarmi nonostante la situazione grottesca nella quale mi ritrovo, mio malgrado, da chissa quanti giorni.

"Non so come dirtelo Luca, è difficile per me confidarti il motivo di quello che ti è successo."

La sua mano lascia improvvisamente la mia per raggiungere la sua bocca, nel disperato ed inutile tentativo di non scoppiare a piangere.

“Ho un fratello gemello che si chiama Emanuele. Ha una malattia rarissima e molto grave che lo sta uccidendo, devastando i suoi organi interni finchй il suo corpo cedera e morira. La mia famiglia ha riunito una straordinaria equipe di medici che provengono dalla Germania e che tentera una strada pionieristica e rischiosa per provare a salvare Emanuele.”

Martina singhiozza e piange lacrime amare causate dal senso di colpa che prova nei miei confronti.

“Il tentativo и disperato e le probabilita di successo sono minime, ma non ci sono altre vie capisci? Non esistono altre strade da percorrere per salvarlo. L'unica possibilita sei tu. Tu sei il soggetto perfettamente compatibile per realizzare questo esperimento mai tentato prima.”

Martina и disperata ed io comincio ad avere piщ paura di quanta ne abbia mai avuta fino a questo momento.

“I blackout che ti sono stati causati dai medici mentre eravamo insieme servivano a prelevare il tuo

sangue, permettere loro di farti delle analisi e verificare la tua compatibilita con Emanuele. Perdonami Luca, perdonami se ti ho coinvolto, ma sono mesi che cerchiamo un soggetto, mesi che analizziamo ragazzi che possano avere la giusta compatibilita con mio fratello e tu sei l'unico che abbiamo trovato. Non vorrei che fosse toccato proprio a te, stavo bene quando studiavamo insieme, mi piacevi davvero e non ho mai provato prima quello che ho provato per te."

Le parole di Martina arrivano alle mie orecchie come pugnalate nel petto e non riesco a contenere l'agitazione e la paura, che prendono inevitabilmente il sopravvento. Mi agito, sento un forte dolore in ogni piaga del mio corpo, in ogni parte di me, dove tubi ed innesti penetrano nella mia carne provocandomi spasmi insopportabili. Alzo quel poco che il mio collo legato mi permette e cerco di aggredire a parole Martina che spalanca gli occhi e scappa via. I miei ruggiti gutturali l'hanno spaventata nonostante fossero per lei incomprensibili, ma non sono serviti a calmarmi ed ora ho davvero paura! Sento aumentare il ronzio dei macchinari dietro di me e i suoni di allarme informano i miei aguzzini che il mio corpo и in crisi respiratoria. Mi manca l'aria, non riesco a respirare ed il dannato tubo in gola non и di aiuto. Sento passi frettolosi avvicinarsi e raggiungere la porta lasciata aperta da Martina.

Cosa mi succedera adesso?

Cosa mi faranno?

Morirт per salvare la vita di suo fratello dunque?

A breve, probabilmente, verrт addormentato e forse non mi sveglierт piщ Mi chiedo se sia meglio morire o proseguire con questa vita di prigionia e calvario.

Ma ora sono arrivati quelli che Martina ha chiamato 'i medici'.

Li vedo per la prima volta e ho paura, la terribile paura di quello che mi faranno. Credo siano una decina in tutto. Indossano una tuta bianca e abbondante, una mascherina da sala operatoria e grossi occhiali che nascondono i loro volti. Alcuni armeggiano coi macchinari, uno di loro mi inietta un liquido nel braccio. Sento il cuore esplodermi in petto, sono terrorizzato e ho i brividi.

Le luci si accendono all'improvviso e vengo accecato per diversi secondi prima di riuscire a distinguere qualcosa di piщ definito delle ombre di chi mi circonda. La stanza nella quale ho passato i miei giorni di prigionia si rivela essere una sala operatoria attrezzata di macchine sofisticate, potenti luci, grossi tubi e monitor.

Mi sento stranamente calmo ora, le palpitazioni sono diminuite, ma penso sia a causa dell'iniezione di poco fa.

Una barella viene portata a fianco alla mia e c'и un ragazzo sopra, credo sia Emanuele, il fratello di Martina.

И arrivato il momento di affrontare la mia ultima avventura, ma non sono pronto a morire.

Perchй mi fanno questo?

Non mi merito questa tortura!

La maggior parte dei dottori ha circondato l'altra barella; confabulano in una lingua che non capisco e credo lo sappiano, perchй non provano nemmeno a parlare sottovoce per non farmi sentire ciт che dicono.

Ho paura e sudo freddo.

Cosa mi faranno?

Sentirт dolore?

Non voglio morire, non voglio morire!

Aiuto! Aiutatemi vi prego!

Che qualcuno mi aiuti per pieta!

Stanno preparando Emanuele all'intervento che subiremo entrambi e Dio solo sa se mi risveglierт dopo che tutto sara finito.

Probabilmente appena avranno terminato con lui verranno a preparare me.

Alzo la testa nel disperato tentativo di vedere qualcosa, un accenno di quello che mi aspetta e sono terrorizzato.

Non credo ai miei occhi!

In fondo alla sala operatoria, al di la di una vetrata che non avevo visto prima, quando la stanza ancora era in penombra, c'и Martina: и venuta ad assistere all'intervento e vedra la mia fine!

Non riesco ad abbassare la testa, voglio guardarla ancora, voglio che sia l'ultima immagine che vedrт per ricordarmi di lei prima di addormentarmi, prima che tutto si spenga. Voglio che, se riaprirт gli occhi, Martina sia il primo ricordo che si presentera nei miei pensieri e sia l'immagine della speranza che vedrт al mio risveglio, lo desidero fortemente, nonostante mi trovi in questa situazione a causa sua.

I medici mi circondano, mi costringono ad abbassare la testa. Non la vedo piщ sono tutti intorno a me e gli occhi mi si chiudono; mi stanno sedando!

Non voglio addormentarmi, ma non riesco a restare sveglio, non riesco a ...

L'intervento chirurgico и finito.

Emanuele riposa nella stanza in cui и stato portato dopo l'intervento.

I medici dicono che ci vorranno diverse ore prima che il ragazzo si svegli dall'anestesia e solo allora si potra verificare se l'operazione avra dato i risultati sperati.

Non rimane che aspettare e pregare, perchй tutti gli sforzi fatti per organizzare un simile esperimento siano valsi il tempo, i soldi spesi, i rischi e la vita del ragazzo rapito e usato come cavia.

Intanto, nella sala operatoria, la porta alle spalle di Luca, che и rimasta chiusa nei giorni della sua prigionia, ora и spalancata e lascia entrare un po' d'aria fresca che si mischia col calore proveniente dall'interno della stanza.

Un rumore di passi leggeri svela l'arrivo di una figura esile: и Martina.

L'irresistibile richiamo del cuore, unito alla curiosita di rivedere il giovane amico, hanno spinto la ragazza a tornare nella sala operatoria.

Il corpo di Luca giace immobile sulla barella che lo ha imprigionato per diversi giorni.

Il tubo che usciva dalla sua bocca и stato tolto e solo alcuni dei cavi che monitoravano il giovane sono rimasti attaccati al suo corpo. La piccola luce del soffitto, l'unica rimasta accesa, illumina in parte il profilo del ragazzo.

C'и un silenzio irreale nella sala operatoria che ormai и stata abbandonata a sй stessa. Le macchine hanno smesso di ronzare da diverse ore cosм come i segnali acustici, silenziosi e senza vita. Il freddo indotto nella stanza, per sterilizzarla al meglio, ha lasciato ora spazio ad un piacevole tepore.

Martina si avvicina a Luca sfiorando la sua mano con le dita poi, facendosi coraggio, accarezza la fronte del ragazzo.

In preda ad un dolore malcelato scoppia a piangere adagiandosi sul corpo inerme di Luca e abbracciandolo.

"Mi dispiace, mi dispiace tanto"

esclama Martina singhiozzando.

“Eri cosмbuono, sei stato cosмcarino con me ed io invece ti ho fatto questo”

Il pianto della ragazza и straziante.

Sente sotto le sue carezze che il corpo di Luca si sta raffreddando e lei sa che la colpa della sua morte и soprattutto sua. La giovane vita del ragazzo и stata sacrificata, cosмche Emanuele possa vivere serenamente la sua, ma solo ora Martina si rende veramente conto di quanto caro и stato il prezzo che и stato pagato.

In preda alla disperazione Martina piange, poi urla con rabbia tutta la sua disperazione ed infine colpisce con tutta la sua forza il corpo inerme di Luca, con la vana speranza che serva a risvegliarlo dal sonno.

Infine, esausta, si lascia scivolare a terra e continua a piangere fino a svenire sul pavimento.

Dal corridoio che divide la sala operatoria dalla stanza di Emanuele si sentono delle grida. La zia di Martina, trafelata e affannata, irrompe nella stanza:

“Martina vieni presto, Emanuele si sta svegliando”

Martina, ancora stordita, segue la zia.

Entrambe percorrono il corridoio e raggiungono la stanza nella quale i medici stanno ancora verificando le condizioni del giovane Emanuele.

Non sembrano esserci notizie positive.

Gli zii parlano concitatamente coi dottori e la zia scoppia a piangere.

Martina si fa coraggio ed entra nella stanza del fratello.

Emanuele non и ancora completamente cosciente e respira a fatica.

La ragazza, visibilmente sconvolta dalla morte di Luca, tentenna prima di avvicinarsi al letto del fratello:

"Ehi, come stai?"

esclama con la voce flebile e abbozzando un sorriso.

La ragazza prende la mano del fratello accarezzandola e prova con dolcezza a svegliarlo cercando di confortarlo:

"Hai subito un'operazione molto lunga e complessa, sei esausto. Riposati, io resto qui vicino a te, non ti devi preoccupare di nulla."

Un lento ed incerto movimento delle dita della mano destra di Emanuele accompagna il flebile lamento che esce dalle sue labbra secche e disidratate.

Martina trattiene il respiro, spalanca gli occhi scuri fissando il viso del ragazzo:

"Non ti sforzare, devi riprenderti, ci vorra del tempo. Non avere fretta e non agitarti, andra tutto bene vedrai."

Sentendo il suono della voce di Martina il ragazzo inizia a muoversi tentando di riprendersi e a nulla servono le raccomandazioni della sorella preoccupata:

"Non agitarti Emanuele ti prego, sei troppo debole per alzarti. Sono qui con te, non vado da nessuna parte, ma tu calmati per favore, calmati!"

Impiegando tutte le forze che riesce a recuperare, il fratello di Martina apre gli occhi con uno sforzo enorme e vedendo la sorella di fronte a lui si tranquillizza e sorride fissandola e appoggiando la testa sul cuscino.

"Ciao Emanuele, è bello rivederti!"

esclama Martina commossa.

"I medici sembravano dubbiosi sulla riuscita dell'intervento, ma ora so che si sbagliavano. Dimmi, come stai?"

Con un filo di voce e fissando Martina il ragazzo farfuglia qualcosa che la sorella non riesce a capire. Avvicinandosi con l'orecchio alla bocca del fratello gli chiede di ripetere ascoltando con più attenzione.

"Sono Luca!"

Martina si drizza con uno scatto. Vede Emanuele, suo fratello, di fronte a lei, ma si accorge che il suo sguardo, il modo che ha di guardarla è diverso. All'improvviso una miscela di panico e felicità la assale:

"Luca sei tu? Cosa è successo, com'è possibile? Sei davvero tu?"

La voce di Martina, spezzata dal pianto, esce tremolante e sommessa:

"Mio Dio sei tu!"

Il ragazzo sta piangendo. La mano coperta di sonde e sensori si muove a fatica, mentre i lamenti si fanno sempre più frequenti.

Martina sorride fra le lacrime e afferra istintivamente il viso del ragazzo fra le mani per ricoprirlo di baci. Ma guardando il volto di Emanuele si blocca e viene proiettata nella dura realta: nel corpo di suo fratello ora c'и l'anima di Luca! И incredibile, ma и l'unica spiegazione possibile.

Per qualche attimo Martina resta immobile; le sue mani sfiorano ancora il viso del ragazzo disteso di fronte a lei. Alle sue spalle gli zii stanno entrando nella stanza. I loro volti non riescono a nascondere le emozioni strazianti che stanno vivendo. La zia sta ancora piangendo e si avvicina alla nipote per abbracciarla.

Martina и sconvolta e allontana con un gesto brusco la donna chiedendo a gran forza delle spiegazioni per quanto accaduto.

Ma la verita и che non ci sono spiegazioni. La difficile operazione, che purtroppo и fallita, consisteva in una sofisticata procedura di sostituzione degli organi danneggiati di Emanuele con quelli sani e compatibili di Luca. Gli strumenti utilizzati in sala operatoria non erano mai stati testati sugli esseri umani ma gli zii, disperati, avevano acconsentito di usare Emanuele, destinato comunque a morte certa, come cavia per l'esperimento. L'equipe di medici ha utilizzato dei macchinari rinvenuti all'interno di una navicella spaziale extraterrestre ritrovata decine di anni prima in Germania e alcuni di loro hanno studiato la tecnologia aliena per anni prima di azzardarsi a proporre questo intervento. Le probabilita di riuscita erano buone, ma qualcosa и andato storto ed Emanuele purtroppo non ce l'ha fatta.

Luca invece ha superato l'operazione, ma ora la sua anima si trova nel corpo di Emanuele ed и in fin di vita. Quelle apparecchiature sono in grado di trasferire l'essenza vitale di un essere umano nel corpo di un altro, mentre gli scienziati credevano che si potessero scambiare organi vitali fra due corpi. I test effettuati su cavie da laboratorio avevano funzionato, perchй gli scienziati non avevano capito che erano le anime dei ratti ad essere scambiate nel processo di trasferimento e non gli organi come credevano loro.

Con un lamento affaticato Luca chiama a sй Martina. La ragazza si avvicina sopraffatta dalle notizie grottesche appena apprese e in lacrime avvicina l'orecchio alla bocca di Luca per ascoltarlo:

"Sto morendo Martina, lo sento…"

La ragazza, singhiozzando, abbraccia il giovane morente.

Con un filo di voce Luca esclama:

"Mi sono innamorato di te la prima volta che ti ho vista ..."

poi abbozzando un sorriso e guardandola negli occhi, esala l'ultimo respiro.

QUELLA SERA INSIEME

Fuori tira un forte vento. Angela ed Eusebio hanno appena finito di cenare, ma rimangono ancora seduti per sorseggiare qualcosa di caldo. Angela poggia la tazza con la camomilla sul tavolo. La beve abitualmente la sera dopo cena. Eusebio guarda la moglie sedersi di fronte a lui:

"Quanto tempo passera prima che tu riesca a bere la tua camomilla?"

Dice sorridendo Eusebio alla moglie.

"Ero sicura che mi avresti preso in giro"

Risponde Angela per nulla scocciata.

"E' da quando stiamo insieme che fai scaldare troppo l'acqua e poi passiamo il tempo ad aspettare che tu riesca a bere"

Eusebio scoppia in una risata, anche Angela sorride; sono decenni che il marito si diverte a prenderla in giro per questa sua abitudine ma, nonostante tutto, le sue critiche la fanno sempre ridere. Vedere il marito rallegrato da questa, che per loro и diventata una consuetudine, la mette di buon umore.

Guardando dalla finestra i rami degli alberi che si muovono a causa del vento, Eusebio ritorna serio e si rivolge alla moglie con tono nostalgico:

"Ti è sempre piaciuto ascoltare il suono del vento che soffia. Ricordo che una delle prime cose che mi hai detto di te è che fin da bambina ti piaceva ascoltarlo, perché ti infondeva calma e tranquillità."

"Ricordi bene! Mi piace sempre sentirlo sfiorare i rami degli alberi o passare attraverso le persiane chiuse. Mi piace ascoltarlo fischiare fra le tegole del tetto, quando sono avvolta in una calda coperta, e c'è il vento che soffia, mi sembra di essere al sicuro e di non avere niente da temere."

"Non hai niente da temere tesoro, con o senza il vento."

Angela allunga la mano verso quella del marito; è il suo modo per ringraziarlo delle sue parole e per chiedere una coccola, cercando un contatto.

Sono passati moltissimi anni dal loro primo incontro, ma il legame che li unisce è sempre vivo e forte fra i due coniugi e sembra in grado di superare il tempo che passa e che li ha trasformati da giovani amanti ad arzilli vecchietti.

“La mia camomilla ha ancora una temperatura proibitiva.”

Esclama Angela ridendo.

Eusebio ride di gusto alla battuta auto ironica della moglie:

“Anche se siamo anziani, stasera faremo tardi, proprio come quando eravamo giovani e in salute.”

Dice l'uomo trattenendo a stento una nuova rumorosa risata.

“Ricordo la nostra prima vacanza insieme, sembra ieri. Hai esaudito il mio sogno di visitare Barcellona, in Spagna, ed и stato un viaggio indimenticabile.”

Gli occhi della donna si inumidiscono e, per un attimo, Angela crede di non riuscire a trattenere le lacrime.

“I nostri viaggi sono stati tutti indimenticabili, perchй eravamo insieme.”

Anche Eusebio si commuove, ma maschera meglio della moglie gli occhi lucidi. Per qualche istante la coppia tace per vincere l’emozione.

И Eusebio, poco dopo, a riaprire il dialogo:

“La camomilla и ancora a temperatura vulcanica?”

Chiede sorridendo e guardando la moglie.

"La devi finire, marito, o mi farai perdere la pazienza e te ne pentirai!"

Improvvisa com'era apparsa, la commozione sparisce e i due coniugi si ritrovano ancora a ridere guardandosi con l'intesa maturata nei tanti anni trascorsi insieme. Si scambiano sguardi complici ed entrambi sembrano potersi leggere nel pensiero e capirsi con un'occhiata.

"Ti ricordi Lisbona?"

Esordisce all'improvviso Angela.

"Certo che me la ricordo! Come potrei dimenticare quella bellissima città? Decadente, trascurata eppure così affascinante e coinvolgente."

"Rammenti quanto si mangiava bene? E poi costava pochissimo."

"Ricordo anche quel liquore alla ciliegia e anche quanti ne abbiamo bevuti."

Dice ridendo Eusebio.

"Che ubriaconi!"

Esclama Angela divertita:

"V devamo cercare lavoro, trasferirci e vivere la. Poi abbiamo visitato Porto e a te piaceva ancora di più, poi il Salento, Praga, la Sicilia ...".

Prosegue Angela:

"Ogni posto che abbiamo visitato, durante i nostri viaggi, era una meta possibile per andarcene dall'Italia e costruirci una nuova vita. E alla fine siamo rimasti qui!"

Angela torna seria e prova un po' di nostalgia pensando a tutti i loro bellissimi viaggi. Anche Eusebio sembra rattristato, ma cambia immediatamente discorso:

"Ricordi il nostro viaggio di nozze?"

Angela si illumina e i suoi occhi brillano della luce che aveva da ragazza, quando si commosse mentre il fidanzato la chiedeva in sposa, la vigilia di Natale di tanti anni fa.

"New York!"

Esclama con un sorriso:

"New York! A ripensarci mi fa sempre lo stesso effetto. È stato bellissimo e surreale trovarsi in quella citta incredibile. Mi sembrava di essere dentro un film e che tutto fosse un enorme set costruito per i

turisti. Ci siamo divertiti un sacco, abbiamo visitato grattacieli, negozi pazzeschi e Central Park! Abbiamo esplorato Manhattan in lungo e in largo e ci siamo stancati come matti, ma felici come non lo eravamo mai stati prima."

Dice Angela al settimo cielo.

È stato un viaggio indimenticabile, come la prima volta che mi hai fatto visitare Venezia."

Ricorda Eusebio con un pizzico di nostalgia:

"La colazione in camera, la vista sul canale, il fascino di quella citta unica che ami nel profondo del tuo cuore, sono per me ricordi preziosi e irripetibili."

Angela non risponde subito, ma dopo una breve pausa esclama:

"Hai ragione tu; tutti i nostri viaggi sono stati meravigliosi, perchè eravamo insieme e non poteva essere diversamente. Non vorrei aver vissuto la mia vita senza di te, sei il mio amore e ti amo come il primo giorno."

"Anche per me è lo stesso Angela, ma adesso è arrivato il momento di bere la tua camomilla e chiudere questa serata."

Esclama Eusebio sdrammatizzando.

"Ora controllo se la temperatura va bene e se è bevibile"

Dice sorridendo Angela appoggiando le labbra sul bordo della tazza e tastando con attenzione il liquido in infusione.

"Adesso posso bere la mia camomilla finalmente"

Angela fissa amorevolmente il marito che ricambia il suo sguardo innamorato, le loro mani sul tavolo si stanno ancora sfiorando.

"Adesso è proprio ora di andare a dormire tesoro mio"

Esclama la donna con un po' di tristezza e, dopo aver risciacquato la tazza nel lavandino, si appresta a salire le scale che conducono in camera da letto.

La donna si volta e rivolge ancora uno sguardo al marito silenzioso, rimasto seduto al tavolo, che la guarda salire lentamente i gradini.

"Mi ha fatto piacere passare un po' di tempo con te a parlare dei bei tempi andati. Vorrei che tornassi presto a trovarmi, mi manchi tanto"

Dice Angela rivolgendosi al marito con gli occhi lucidi e la voce rotta dall'emozione.

"Cercherò di tornare da te il prima possibile, magari in una notte ventosa come questa, perchè so quanto ti piace ascoltare la voce del vento."

Risponde Eusebio visibilmente commosso.

"Ti aspetto, buonanotte amore mio."

Angela si addormenta ascoltando il vento, sua unica compagnia dopo la morte del marito, avvenuta ormai tanti e tanti anni fa.

QUESTO NOSTRO MONDO

Quando ho iniziato il progetto di scrivere questo libro, nel settembre del 2019, non avevo idea di quello che sarebbe successo nel mondo alcuni mesi dopo.

Mentre scrivo queste poche righe и domenica 29 marzo 2020 e la mia nazione, l'Italia, sta affrontando una minaccia subdola e infida che sta spargendo morte e tristezza in ogni citta e paese di questa bellissima penisola.

La situazione и spaventosa!

Il personale sanitario и oberato di lavoro, gli ospedali sono al collasso e le vittime giornaliere sono centinaia ed in alcuni giorni raggiungono e superano il migliaio.

La pandemia, che и giunta nel bel paese dal lontano Oriente, ha trovato una popolazione fragile al suo attacco meschino ed incapace di fronteggiare questo incubo invisibile, ed ora sta soccombendo dolorosamente. Silenzioso, rapido ed inarrestabile il virus ha infettato le nazioni vicine all'Italia e pian piano ha raggiunto ogni parte del mondo; alcuni Stati si sono preparati in anticipo al suo arrivo usando strategie di contenimento attuate gia precedentemente dal governo italiano, altri hanno sottovalutato la pericolosita di questa pandemia e stanno contando i morti, che crescono ogni giorno, purtroppo in numero esponenziale.

L'incubo non и finito anzi, in questo momento buona parte d'Italia non ha ancora affrontato il picco piщ elevato di diffusione del contagio. La regione Lombardia и letteralmente devastata dal virus ed i decessi, a livello nazionale, hanno superato ormai da diversi giorni le diecimila unita.

И un dato allarmante ed il problema и che non si vede la fine di questo tunnel oscuro che sta martoriando noi ed il mondo intero.

L'impotenza del genere umano di fronte a questo pericoloso virus и disarmante!

Questo piaga, che sembrava la solita influenza stagionale, и un mostro assetato di morte e come tale sta lasciando dietro a sй una scia di decessi senza fine.

Riassunta la tragica situazione, ora voglio soffermarmi su quello che tutti stiamo vedendo nei notiziari alla televisione:

Le persone stanno morendo!

Molte persone stanno perdendo la vita in questi momenti di sofferenza planetaria. Esseri umani che avevano una vita, degli affetti, una famiglia, vengono separati dai loro parenti per essere ricoverati e magari intubati in terapia intensiva, passando le ultime ore di vita soffrendo per la mancanza di aria e il dolore per la lontananza dei propri cari. Si spengono come candele usurate nella solitudine di una camera asettica e fredda, senza rivedere per un'ultima volta il viso delle persone che hanno amato e senza poterle salutare. Una morte ingiusta, la brusca interruzione di una vita trascorsa alla ricerca di persone alle quali donare i propri sentimenti. Anni passati a costruire qualcosa di grande eppure cosMeffimero e sfuggente, se paragonato all'ondata devastante che ha colpito tutti noi. Nonni, zii, madri, padri e anche figli ci hanno lasciato senza un saluto e senza essere salutati. Volti che scompaiono con una smorfia di dolore e che verranno ricordati, mentre nei concitati momenti del ricovero, li abbiamo lasciati nelle mani premurose di infermieri instancabili e alle cure di medici infaticabili, che rischiano il contagio che li potrebbe tramutare a loro volta in pazienti a rischio.

Una catena di morte e sofferenza che sfianca, un po' alla volta, anche la corazza dei piщ forti. Spezza la tenacia di chi lotta per prevalere sul male e che ha perso troppe battaglie per credere ancora con vigore alla vittoria di questa lunga e terribile guerra.

Dedico un pensiero a tutte le vittime di questo male perverso, a tutti coloro che hanno sofferto e stanno soffrendo mentre lottano per la vita con tutte le forze che hanno in corpo. Dedico queste poche righe agli eroi che sono sopravvissuti e sono tornati fra le braccia delle loro famiglie e agli eroi che, invece, non sono riusciti a far ritorno a casa. Prego per tutti coloro che tentano di salvare vite umane, rischiando la propria, in nome dell'ideale che hanno abbracciato e che con orgoglio mostrano di non temere le conseguenze di ciт a cui vanno incontro ammalandosi, a volte anche morendo per la causa. Ringrazio dal profondo gli angeli che hanno donato i loro soldi in favore della ricerca o per costruire nuove strutture negli ospedali. Ringrazio anche tutti gli aiuti provenienti dagli altri paesi che non sono stati flagellati come noi da questa pandemia e che vengono ad aiutare l'Italia in questo periodo disastroso della sua storia. Penso con affetto alle persone sole e confinate in casa da settimane, che sono forzatamente lontane dall'affettuoso abbraccio dei loro cari e combattono la solitudine pregando e piangendo coloro che non ce l'hanno fatta. Non invidio chi deve prendere decisioni cosмdifficili in questi momenti, perchй и semplice, per chi guarda dall'esterno, criticare disposizioni che si rivelano sbagliate o poco efficaci, ma non и affatto facile giudicare una situazione come questa ed elaborare strategie significative in grado di contenere un danno cosмdevastante. E poi ringrazio le forze dell'ordine e chi vigila per le strade deserte del nostro paese. Chi pattuglia le vie e le piazze svuotate dalla vita consueta e dal fiume di gente che solitamente passeggia, corre, chiacchiera e trascorre il tempo all'aria aperta. Mi manca moltissimo l'aria; mi manca sentirla sul viso che rinfresca la mia fronte sudata mentre corro. Mi manca la sensazione di essere libero, di potermi muovere senza impedimenti, senza divieti e coprifuoco. Mi manca viaggiare, visitare posti nuovi, luoghi che non ho ancora esplorato. Temo per la mia famiglia, per i miei amici e per tutte le persone che conosco e amo. Ho il terrore di ritrovarmi per mesi chiuso in casa tentando di sfuggire ad un contagio che non fa sconti a nessuno. Ho paura che questa terribile pestilenza non allenti la morsa che ha stretto sul mondo e si protragga ancora a lungo causando morte e una profonda crisi economica dalla quale potrebbe non esserci una via di uscita.

Cerco disperatamente un lato positivo in tutto questo e l'unica buona notizia и che l'inquinamento и calato in maniera importante nei paesi che hanno affrontato la pandemia fermando le fabbriche e le produzioni non ritenute necessarie e obbligando le persone a restare chiuse in casa.

Che sia questo il messaggio che ci porta questo virus?

La Terra ha esalato la sua ultima richiesta di aiuto prima di essere irrimediabilmente devastata dall'uomo?

Il nostro pianeta ci ha regalato ciт che di piщbello la mente umana и in grado di desiderare: aria pulita, cibo squisito, panorami infiniti, cieli tersi e oceani sconfinati. Noi abbiamo inquinato, devastato, cementato e avvelenato tutti questi doni in nome del profitto e della ricchezza.

И questo il prezzo che ora ci viene fatto pagare?

Forse и giunto il momento di rallentare e pensare a cosa stiamo andando incontro. Valutare l'impatto positivo sul mondo che ha avuto il nostro stop obbligato e quanto piccolo potrebbe essere lo sforzo da compiere per recuperare l'enorme danno ecologico che abbiamo causato a questo nostro stupendo pianeta.

Mentre la gente si ammala e muore, mentre siamo chiusi nelle nostre case col terrore di essere contagiati, abbiamo il tempo per capire cosa andra fatto dopo che tutto questo orrore sara stato sconfitto e dimenticato. Non и troppo tardi per rimboccarci le maniche e provare a salvare il nostro meraviglioso pianeta.

Stiamo dimostrando coraggio e valore nella lotta contro le avversita, ma dopo dovremo dimostrare intelligenza e rispetto nel prenderci cura del nostro mondo.

Abbiamo solo questo e non ce ne verra dato un altro se lo distruggeremo definitivamente. La speranza che, dopo questa catastrofe cambino veramente le cose, и forse la risposta al grido d'aiuto che la Terra ci sta inviando nella maniera piщrude possibile e a cosмcaro prezzo.

Facciamone tesoro e torniamo a vivere rispettando l'ambiente.

Dobbiamo farlo per noi stessi, per i nostri figli e per coloro che verranno dopo.

FINE

Questo libro di racconti termina qui.

Hai conosciuto una parte di me attraverso le sue pagine e hai vissuto piccoli stralci della mia vita dai quali ho preso spunto per creare le mie storie di fantasia.

In un certo senso ora conosci qualcosa di intimo e profondo che manifesto, per mezzo di racconti come questi, in un insieme di pensieri miscelati dalla mia immaginazione, dalle mie passioni, dalle paure e da ogni episodio bello o brutto che ha condizionato la mia vita.

Se ti fa piacere, lascia una recensione costruttiva, nello store dove hai acquistato il libro, che mi permetta di leggere in essa il tuo pensiero spassionato riguardo al mio lavoro.

Ti ringrazio infinitamente per aver dedicato il tuo tempo alla lettura del mio libro.

Luigi Giublena

Biografia dell'Autore

Luigi Giublena nasce il 16 Gennaio del 1967 a Vercelli, un piccolo capoluogo di provincia piemontese situato a meta strada fra Torino e Milano. Sposato, vive con la moglie Veronica.

Appassionato di disegno artistico e informatica, inizia a studiare con passione queste discipline ed il connubio perfetto и la grafica digitale.

Creator instancabile pubblica decine di video sulla piattaforma YouTube, centinaia di immagini sui suoi profili Instagram e Facebook ed approda al mondo della scrittura alla fine del 2019.

Questa sua prima fatica da inizio alla pubblicazione di oltre cento libri, diari e agende sotto diversi pen-name che l'autore crea autonomamente e riversa sullo store di Amazon, alcuni tradotti in varie lingue fra cui Francese, Spagnolo e Inglese.

Iscritto nel 2020 alla piattaforma Fiverr presta servizi di graphic designer come freelance ed ha all'attivo oltre un centinaio di libri che sfoggiano una sua copertina.

Social: puoi contattarlo su Instagram, Facebook, YouTube e Fiverr col nickname: Spidphone.

ISBN: [8633693232]
ISBN-13: [979-8633693232]

Autore indipendente

Immagine di copertina: [Luigi Giublena]
https://www.instagram.com/spidphone

Prima edizione [Giugno 2020]

[Opera di narrazione e finzione]

Seconda edizione
[Marzo 2021]

-Prima edizione-

Prima pubblicazione [Giugno 2020]

-Seconda edizione con alcune
creazioni grafiche dell'autore-
[Marzo 2021]

Kindle Direct Publishing

kdp.amazon.com